おもいで写眞

熊澤尚人

幻冬舎文庫

おもいで写眞

目次

プロローグ　鉛色の故郷

暦が4月に近づき、蛍烏賊《ほたるいか》の漁が最盛期を迎えようとしていたが、まだ身体に重くのしかかるような湿っぽい冷たさが残っていた。富山湾沿いに続く線路を、樺色に色褪せた列車がゆっくりと走って行く。

列車が走る雨晴《あまはらし》海岸は、海に浮かぶ女岩と海越しに立山《たてやま》連峰が見え、観光パンフレットの表紙にもなる景勝地だ。

昔、このローカル列車に乗った時は、車両の鉄と鉄がぶつかる不協和音が随分と耳障りに思えたのに、その音すら今は耳に伝わって来なかった。それくらい、音更結子《おとさらゆうこ》の心はここになかった。厚手のコートを着たまま何年ぶりかに故郷に向かう単線列車に乗った。そのボックスシートの窓からは静かに凪《な》いだ海が見えていたが、立山連峰を覆い尽くす鉛色のどんよりとした雲と、空との境界線すらなくした、色のない海がどこまでも続いているように思えた。

昨日の深夜から、結子は住んでいる世田谷《せたがや》のアパートから歩いて行ける距離にあるコンビニでアルバイトをしていた。今年29歳になる結子は、今はコンビニの店員をしてなんとか生活費を捻出して生きている。朝方、バイト最後の商品補充の仕事を終えてから、スマホを確認すると、珍しく星野《ほしの》一郎《いちろう》から着信がいくつもあり、ショートメールが残っていた。

一郎は故郷の富山で暮らしている同い年の幼なじみだ。一郎からの連絡は、何年ぶりかのことだった。悪い予感が結子の頭をよぎった。急いでショートメールを見ると、結子の祖母、音更愛子《あいこ》の訃報だった。

急いでアパートに戻り、着替えなどを大きめの旅行鞄に詰め込むと、新宿《しんじゅく》にある高速バス乗り場に向かった。財布の中には千円札が数枚しかなく、銀行預金もわずかだった。今の自分の生活のことを考えたら、新幹線にはとても乗れなかった。富山まで約7時間はかかるが、高速バスで行くしかないと結子は思ったのだ。

結子が上京して来る時はまだなかった北陸新幹線が数年前に開通し、最速で東京と富山を約2時間で結ぶようになった。その話を聞いた時、結子は驚いたのと同時に複雑な思いに悩むようになった。結子は上京した当時、深夜バスに揺られて8時間半かけて東京にやって来たのだった。だから、そんなに早く帰れるようになったのなら、祖母に会いに行けるチャンスもあったはずで、会いに行くべきだった——と悔やんだ。

祖母に会いたいという気持ちには、これまでに何度もなった。けれど結子は北陸新幹線に乗ることができなかった。応援して東京に送り出してくれた祖母の気持ちに自分が応えられていないという、心苦しい思いがあったからだ。

ただ今は、結子は一刻も早く、祖母のもとに駆けつけたかった。

「今、行けば、今すぐ駆けつければ、おばあちゃんと話ができるのでは」

「たとえ、話すことができなくても、おばあちゃんを抱きしめたら、おばあちゃんが私を抱きしめ返してくれるのでは」

結子にはそう思えて仕方がなかった。

胸が捻れるように強く締め付けられ、他に何も考えることができなかった。急に祖母の優しい笑顔が頭に浮かんで来た。その瞬間、結子は高速バス乗り場の待合から駆け出した。気が付いたら、結子は東京駅の北陸新幹線のホームにいた。そして上部が空色でアイボリーホワイトの車体に銅色と空色の帯が入った新幹線「かがやき」に飛び乗っていた。

東京から結子が生まれ育った故郷、富山の雪見町《ゆきみ》に向かうには、富山駅まで新幹線で行き、そこでJR在来線に乗り換え、高岡駅《たかおか》まで行く。そして更にそこで氷見線《ひみ》に乗り換えるのが一番早かった。

氷見線は1時間に1本だけ走る2両編成の列車だ。路線は国内の地方鉄道で何年も前から多く見られるようになった、いわゆる典型的な赤字路線だったが、北陸新幹線開業のおかげとラッピング列車や観光列車運行の努力で何とか生き残っている。結子も祖母から氷見線存続の話を聞かされていた。その日は観光用に綺麗に飾られた列車ではなく、丁度やって来た、昔ながらの普通列車に結子は急いで乗り込んだ。

古くから変わらない列車の中は乗客がまばらだった。赤く錆びた色に変色してしまった4人掛けのボックスシートに座り、結子は無意識のうちに封書を鞄から取り出して中を開いた。それは先月もらったばかりの祖母からの手紙だった。

結子ちゃんへ
今年は思いの外、雪が少ない冬ですが、底冷えのする日が続いています。
調子はどうけ？　結子ちゃんは負けず嫌いやから、無理をして風邪などひぃとらん？

結子ちゃんの風邪はいつも喉からやから、番茶でうがいを忘れんようにしてね。

調子が悪うなったら、しょうが蜂蜜湯を飲んでね。小さい頃からいつもそれで良くなるからね。

結子ちゃんは頑張り屋やけど、どんな人でも上手く行かん日があるから、そんな時は心を大きく持って、腐らず続ければ上手く行くからね。

さて、最近のおばあちゃんはみどりさんに誘われて、ウクレレ教室に通うようになりました。担当してくれる石井《いしい》先生の教え方が上手やから、先生と一緒に演奏するのがとっても楽しいがやちゃ。

体操教室やフラダンスにも変わらず通っているので、忙しく過ごしとるよ。

おばあちゃんは寂しくないがやから、結子ちゃんは自分の夢に向かって頑張られ。

大好きな結子ちゃんへ

おばあちゃんより

柔らかな和紙の便箋に、毛筆で書かれた祖母からの手紙は、結子をいつも優しく包み込んでくれる。結子が東京に出てから、祖母は何度も手紙を送ってくれた。落ち込むことがあると、結子は祖母からの言葉を必ず読み返した。

故郷の雪見町に到着して、結子の動悸はますます激しくなって行った。祖母が一人で暮らしていた自宅のドアを開け、安置されている祖母と対面した結子は、すぐに祖母に声をかけて抱きついた。けれど祖母が結子を抱きしめ返してくれることはなかった。

結子は思わず祖母の頰を手で触れた。氷のように冷たく感じた。そのひんやりとした感触に結子はただただ驚き、腰を抜かしたように座り込んでしまった。

祖母はもうここにはいない。祖母は亡くなったという現実が一度に襲って来て、自分の心臓をえぐり取られたような気持ちになった。たとえ話すことができなくても、おばあちゃんを抱きしめたら——という結子の望みは簡単に消えてしまった。

それから後は、結子はただ呆然とするだけで、身体が動かなくなり、何もできなくなってしまった。死水は、唯一の家族である結子が到着するのを待ってから行われた。幼なじみの一郎に手伝ってもらい、震える手で祖母の唇を濡らしたらしいが、結子は後でどれだけ思い返そうとしても、この時のことをあまり憶えていない。

祖母を見送るための手続き、葬儀会社との話し合いや、決めねばならないことが沢山あった。けれど、結子は真っ青な顔でただ震えるだけで、返事もできないくらいうわの空だった。そんな結子を心配した一郎が、全て代わりに進めてくれた。結子ができたのは、朦朧《もうろう》としたまま、一郎が用意してくれたレンタルの喪服に着替えることだけだった。

結子は葬儀場にいた。目の前には額縁に入った79歳の祖母、音更愛子の遺影写真が飾られていた。けれどなぜか、写真の祖母の顔はぼんやりとぼやけたまま、はっきりとしなかった。

結子は自分が泣いており、涙のせいで祖母の顔がぼやけているのかと思い、指先で目元を拭ってみた。けれど何度そうしても、祖母の顔の輪郭はぼやけたまま変わらなかった。結子は膜が張ったようにぼんやりした頭を動かし、何とか思考をめぐらせた。やがて祖母の顔の周りを囲んだ額縁の輪郭線が、鋭くしっかりしているのに気が付いた。そして額縁の周りに飾られた花の輪郭も、明瞭でくっきりしているのにも気が付き、祖母の顔を写した写真そのものが、ぼやけていることをやっと理解したのだ。

この小さな葬儀場はイシゼホールという名前の最近できたばかりで、雪見町の周りでは初めての家族葬専用の施設だということだった。この地方都市でも最近では葬儀の参列者は減るようになり、親族や故人の友人知人など親しい人を中心にした少人数の葬儀が多くなっていた。共同体のつながりも人間関係も薄くなって来ているのだ。葬儀場の新しさと清潔感が、むしろ冷え冷えとしたつながりの象徴のように結子には感じられた。

「まもなくお通夜が始まりますので会場へどうぞ」

小太りで特徴のない平たい顔をした葬儀会社のスタッフに言われ、結子は一郎と一緒にお通夜の会場に向かった。30人ぐらいが参加できる通夜の会場には、まだ人が集まってはおらず、がらんとした部屋を照らす蛍光灯の青い光が、結子の心に寂しく染み渡って来る。

結子は祭壇の方へ一郎の後ろを付いて歩いた。今までいた待合の部屋の畳敷きの感触とは違い、一歩、歩くたびに薄いストッキングに包まれた足裏からは、鋭い冷たさが心臓までまっすぐに伝わって来て、結子を今まで以上に不安にさせた。

葬儀場にいる遺族、親族は結子だけだった。

「結子はここに座って」

一郎が最前列の喪主席に結子を案内してくれた。

結子の記憶ではいつも優しくにこやかな表情の一郎が、この時ばかりは悲痛な顔で結子を見つめている。そんな一郎が、ふと祭壇に飾ってある祖母の遺影写真を見て、思い出したように、そして申し訳なさそうな顔になって言った。

「結子ごめん、ばあちゃんの写真、結構探したんだけれども、町内会で行った旅行の時に撮影した集合写真ぐらいしか見つからんくて、引き伸ばしたらボケちゃって……」

結子は、色のない顔で祭壇に飾られた遺影写真を見つめた。黒みがかった茶色い額縁の中で、白地に紫の花びらをあしらったシャツを着た祖母が優しく微笑んでいるように見えるが、表情は滲んだようにぼやけているため、ひどく曖昧な微笑みに見える。

結子は祖母の遺影がぼやけてしまっている理由を今、初めて知り、身じろぎもできなかった。祖母との最後の別れの式で使い、祖母を偲ぶために残す大切な遺影写真が、こんな有り様になってしまい、とにかく悔しかった。だから涙も出て来なかった。

「御愁傷様です」

そこに、少しずつ訪れ始めた弔問客たちが、ひそやかに話す声が聞こえて来た。

「配達の人が気付かれたがやと。朝刊が残っとってね」

「まさかこんな急に、ねぇ……」

結子が俯いたままその話を聞くともなく聞いていると、喪服に身を包み、銀髪をショートのネオソバージュにした老女が歩いて来た。同じ雪見町内に暮らす、祖母と仲の良かった柳井《やない》みどりだ。彼女のことは結子も子供の頃から知っていた。小学校の頃、下校中にクラスの友達と話に夢中になっていて、みどりとすれ違ったことに気付かず、挨拶しなかったことで彼女にはひどく叱られ、後で祖母にもたしなめられた記憶があった。姿勢の良いその老女は躊躇《ためら》うことなく、まっすぐに祭壇に向かって行き、祖母の愛子に話しかけた。

「愛ちゃん……一人で逝くなんて寂しかったろうね……だから言ったがよ、意地なんか張っとらんで、さっさと結子ちゃんを呼び戻されって」

祖母とみどりに、そんなやりとりがあったことを知らなかった結子は驚いてみどりを見た。

みどりも悔しそうに結子を見つめ返した。

「あんた、どうして一緒におってやらんかったん？」

そう心の内を吐き出してみどりは言うと、嗚咽をもらし始めた。

結子は何か口にしなければと思うのだが、思うように言葉が出て来ない。心臓にゅっくりとキリをもみ込まれるように胸が苦しくなった。祖母ともっと一緒にいてあげれば良かった。それは結子が、最も心から後悔していた気持ちだった。自分が一番思っていたことを祖母の友人、みどりから言われ、ますます罪悪感は強くなった。自分自身に対する怒りがどんどんと湧いて来て、涙が今にも溢れそうになった。けれど、自分には涙を流す資格なんてない。そう思ったからぐっと堪えた。結子は黙ったまま、目はどこでもない空の一点を見つめることしかできなかった。

第1章　遺影写真

葬儀が終わってからいったい何日が経ったのだろうか、窓を開けると風の匂いが変わっていた。いつのまにか新緑の季節になり、街路樹の若い葉がみずみずしく、日の光の中でまぶしく彩られるようになっていた。上京するまで祖母と暮らした雪見町の家から、結子はほとんど外に出ないでいた。日の当たらない北側の奥にある暗い部屋、古い木の匂いがこもる、陰鬱としたよどんだ空気の中、じりじりと砂を嚙むような日々が過ぎて行った。

葬儀の後、放心状態が続き、結子は何もする気にならなかったからだ。結子の実家の食料庫には、祖母が米やパスタ、缶詰などの食料を随分と沢山蓄えていたので、しばらく食べて行くのには困らなかった。結子はまるで引きこもり生活を始めたようだった。もう東京に戻るつもりはなく、暮らしていたアパートは引き払った。

実家で結子は寝転んで、ほとんどの時間、天井をぼんやりと見ながら過ごしていた。悲しい顔や困った顔に見える天井の染みを漠然と眺めながら、頭に浮かぶのは、祖母を一人きりにしてしまった後悔と、優しかった祖母の面影だった。結子が何となく思い出せる最も幼い記憶は、自分を腕に抱いて笑って見つめてくれている祖母だった。

結子の家族で、結子がしっかり思い出せる顔は祖母だけだ。母は結子が4歳の時に、東京へ行ったまま戻らなくなってしまったということだった。母の面影は、なんとなく靄《もや》の中にあるシルエットでしか思い出すことができない。そして父のことは何も知らなかった。父がどんな人だったのか、祖母はその話題をいつも避け、教えてはくれなかった。祖母の夫、結子の祖父は結子が生まれる前に亡くなっていた。祖母は祖父のこともあまり話そうとはしなかった。浮かない顔の祖母を見たくなくて、そのうち結子も父や祖父のことは尋ねないようになった。

結子は母がいないことで、他の子供たちに苛められることがよくあった。近所の遊び場にしていた公園から逃げ出して、家に帰って一人で泣いていると、自宅の仕事場から祖母が心配してすぐに来てくれ、結子の小さな両手を取って左右を合わせると、自分の両手で包み込むように握ってくれた。

「どうしたん……結子ちゃん、お母さんとお父さんがおらんでも、おばあちゃんがおれば何があっても大丈夫。おばあちゃんがずっと結子ちゃんを守ってあげるからね」

祖母にそう言われると、結子は甘えたい気持ちでいっぱいになり、祖母に抱きつき、やわらかい祖母の胸に顔を埋めた。祖母の身体から伝わる温かさを感じると、他の子たちにはいる母親が自分にはいないけれど、祖母がいれば大丈夫だ、と不思議と安心できた。なぜか祖母からは、浅いコーヒーのような匂いがいつもした。

寝転んで天井の模様を見ながらそんな子供時代を思い起こしていると、結子は涙が出て来るのだった。葬儀の時は悔しさや涙を堪えていたせいで泣くことができなかったのに、自宅に引きこもってから、結子は涙を流してばかりいた。

葬儀の後、祭壇で使われた遺影写真と同じ、ぼやけた写真が入った小ぶりの額縁を葬儀会社の人から渡され、結子は実家の居間にある仏壇にそれを飾った。引きこもった後も結子は毎日、祖母の遺影写真を手に取り見つめた。祖母の写真がぼやけていることで、遺影を見る度に、二度と祖母を見ることはできない、祖母は自分から離れて行ってしまった、という現実を突きつけられているようで、悲しみが増して来て、結子はまた泣いてしまうのだった。

不意に玄関のドアチャイムが鳴った。現実に引き戻された結子は、慌てて居間に併設された台所へ急いだ。小さなシンクの前で顔を洗って涙を隠そうと、結子は乱暴に水道水で顔を洗い、目と目の周りにその冷たい水を何度もあてた。

「結子、おるー？」

東京とは違い、地方の田舎《いなか》ではよくある話だが、この雪見町の界隈でも昼間は玄関ドアの鍵を開けておくのが通例だった。町内の人々が気軽に用事を頼み合えるように、という昔からの習わしだと祖母から聞かされていたが、本当のところは分からない。結子は引きこもっていたが、その風習の通りドアの鍵はかけないままだった。

スーツにネクタイで上着だけ役場の作業着を身につけた一郎が、大和《だいわ》百貨店の手提げ袋を持って、ドアを開けて勝手に部屋まで上がり込んで来る。幼なじみの一郎はこの雪見町にある役場の生活課で働いている公務員だ。二重の瞳に濃い眉、彫りの深い顔だちだが、鋭敏な面差しで小顔。背は普通よりやや高く、細く締まった体型をしていて、一見神経質そうだが、いつも笑顔でいるせいで温和な印象の方が強い。29歳でまだ独身の男だ。

「結子、結子」と何度も一郎が呼んでいる。

一郎は、昔からいとも簡単に、自然に結子のテリトリーというかパーソナルスペースにすんなりと入って来る。そんな親密な関係だからこそなのか、とにかく結子は、一郎に泣いていたことを悟られたくなくて、わざとつっけんどんな態度を取ってしまう。

「勝手に入って来んなよ」

「いいだろ、幼なじみなんやから」

こんな風に一郎が結子の家を訪ねるのは、葬儀以来、今日が初めてではなかった。

家が近いということもあって、役場の仕事が終わると買い物をしてよく現れていたのだ。

結子や一郎が生まれた雪見町は、江戸時代に加賀《かが》藩主前田《まえだ》利長《としなが》が高岡城を築城し高岡の街を開いた時、城下の繁栄を図るために鋳物造りを奨励し、技術者たちをこの地に呼んで鋳物場を作って暮らさせたのが始まりだった。今はもう多くの鋳物工場が郊外に移転したが、職人の鋳物師《いもじ》たちが暮らした千本格子の家並みが雪見町では大切に保存されている。この千本格子を地元では「さまのこ」と呼ぶのだが、「さまのこ」の家々が立ち並び、その前を通る銅片を埋め込んだ御影石を使った白い石畳が続く、その景色は美しく、重要伝統的建造物群保存地区にもなっている。幼なじみの一郎の家はまさにその「さまのこ」の造りで、祖父の代からはもう鋳物関係の仕事には就いていないが、もともとは鋳物師の家系だ。結子の家は「さまのこ」ではないが、この街並みの一番外れたところにある。そんな美しい街並みの雪見町も、今は空き家が多くなり、結子が生まれた頃と比べると町の人口は3分の1までになった。町は随分さびれてしまっていた。

結子の家の奥の方にある座敷の居間にいつのまにか一郎が入って来て、ちゃぶ台の上に放りっぱなしになっているパンや菓子の袋など、結子が食べ散らかしたゴミを、仕方ないなという顔で片付け始める。

「仕事、見っかったか？　事務職ならうちで募集しとっけど」

結子は台所の前で、タオルで顔を押さえたまま黙っていた。今の自分の顔を一郎に見せたくなかった。

「結子が東京でやっとったヘアメイクアーティストの仕事、こっちでできんやろ？」

そんなこと言われなくても分かっていた。それにもう一度メイクの仕事に挑戦しようとは思っていなかったから、結子は思わずタオルを顔から外して言った。

「それは随分前にクビ」

結子が仕事をクビになったというのは、一郎には初耳だった。答えた結子の顔がふと陰り、とても寂しそうに見えたのが気になった。余計なお節介かもしれないが、とにかく少しでも結子に元気になって欲しいと思って一郎は言った。

「……でもこっちで暮らすなら仕事探さんと。お前、ばあちゃんの葬儀以来、家からなーんも出とらんやろ、四十九日も過ぎたし、そろそろ」

結子はついカッとなり、持っていたタオルを一郎の方に投げつけた。

「何日過ぎても関係ない」

けれど、投げたタオルは一郎の身体には届かず、萎んだように弱々しく畳の上に落ちてしまった。

「やっぱり結子って奈良美智《ならよしとも》さんが描く女の子に似とるよな」

にこやかな笑顔で一郎は言うと、持って来た大和百貨店の手提げ袋をちゃぶ台の上に置いて帰って行った。

「失礼なやつ」

一郎が言った、奈良美智さんが描く女の子というのは、両方の頬をふくらませ目を吊り上げてこちらを見返す、不機嫌そうだったり、挑戦的な眼差しの、特徴的な絵画の人物たちのことだ。結子はその独特な表情を思い出し、確かに自分の顔に似てなくもないか、と思いながら、大和百貨店の手提げ袋を覗いて見た。中にはすぐに食べられるパンやバナナ、日持ちのするレトルト食品や缶詰などの食べ物が沢山入っていた。

「でも気が利くんだよな……あいつ」

と手提げ袋の中から食べ物を取り出しながら結子は思った。

手提げ袋には白地に緑と紫の線でデザインされた大和百貨店のロゴが描かれている。そのロゴを久しぶりに見て、結子は懐かしい思いにかられた。大和百貨店は北陸では一番有名な老舗百貨店だ。昔は金沢、福井、富山、高岡、新潟、朝鮮半島などにまで店舗を持っていた北陸随一の百貨店チェーンだ。一郎が買い物に行ってくれた店は、地元の人たちからは高岡大和と呼ばれて長年親しまれて来た。結子も子供の頃、何故かよそ行きの服を着せてもらって、祖母に連れられて買い物に行ったのを憶えている。祖母が自分の服と結子の服を買うのはいつも高岡大和だった。76年続いたというあの高岡大和も今年の夏で閉店してしまうらしいと祖母から聞かされていた。それはまるで祖母の後を追って亡くなるようにも思え、結子はまた祖母のことに思いが巡って行ってしまう。

結子は雪見町から通える地元の高校を卒業すると、東京にあるヘアメイクの専門学校に入学した。お洒落、特にメイクにすごく興味があったので、目指した職業はモデルや女優などにメイクを施し、テレビ、雑誌、舞台などの世界で活躍するヘアメイクアーティストだった。学校卒業後はヘアサロンで働く美容師の道もあったが、いなくなった結子の母が美容師をしていたと祖母から聞かされていたから、結子は美容師には絶対なりたくなかった。ヘアメイクアーティストで成功したいと頑張ったのは、母の存在が複雑に影響していたのだ。

東京での暮らしは新鮮で彩り華やかな毎日で、瞬く間に時間が経って行った。結子はヘアメイクの勉強を一所懸命やったし、東京での暮らしも存分に楽しんだ。でも時々、祖母を田舎に一人きりにして寂しい思いをさせているのに、都会で楽しんでいる自分が後ろめたくなり、心が苦しくなって祖母に電話をした。

「なかなか帰らんでごめんね。夏には帰ろうと思うんだけど……」

「帰って来る時間があったら、勉強頑張られ」

その度にこんな風に、祖母は頑なに言うのだった。

専門学校を卒業した年に一度、祖母に会いに帰ったきり、結子は故郷に帰っていなかった。卒業後、結子は東京でヘアメイク助手の仕事が決まり、その仕事の過酷さと多忙さに埋もれて行った。祖母が自慢に思える、自分が胸を張って報告できる仕事をしたい。そんな仕事ができるまで帰らない、と結子は思って頑張った。そうしている内に、帰って祖母に会うのが先送り、また先送りになって行ったのだ。

雨は弱かったが、強い風に吹かれた雨粒が鉄枠に入った窓ガラスを濡らして行く。昭和40年代に造られたこの老朽化した建物は、何度も修繕を重ねて今も使われ続けている。午前は朝から降り出した雨のせいで役場に来る町民の数は少なく、一郎の溜まっていた事務仕事ははかどった。午後になって生活課の窓口に町の人が少しずつ訪ねて来るようになり、一郎が窓口で仕事をすることも多くなった。

「大間《おおま》さん、住民票はこちらになります。手数料は３００円です」

スーツ姿に名札を首から下げた一郎が、黒く日焼けした漁師の大間に住民票を用意する。この辺りには漁業で生活を営む人々も多く暮らしている。一郎は住民票を手渡し、取り決め通りの台詞で尋ねた。

「封筒は使いますか」

「いらんちゃ」

封筒ぐらい何も聞かずに、あげてしまえばいいのに、と思うのだが、経費節減で取り決められた役場のルールを一郎は遵守して働く。

「ありがとうございました」と応えて、一郎は大間を笑顔で見送った。

その時、会議室から恰幅の良い、黒縁メガネの男が出て来て一郎に声をかけた。一郎の上長、生活課の六渡《ろくど》課長だ。

「星野、例のお前の提案書ながやけど」

「え、あ、写真の件ですか」

一郎は顔を更にほころばせて、急いで六渡課長の前に駆け寄った。


「結子、結子」

結子の家の入口、片開きの玄関ドアには縦に人の身長ほどのガラスが入っており、真ん中で結ばれた白いレースのカーテンがかかっていた。そのドアを一郎は勢いよく開け、大声で家の奥に呼びかけた。

奥の居間から鈍い動きで出て来る結子が視界に入ると、一郎は嬉しそうに家の中に入った。

「勝手に入んな」

結子は畳敷きの居間から降りてサンダルを突っ掛け、コンクリートにタイル敷きの床に出ると、更に入って来ようとする一郎の肩を手で小突いて、これ以上中に入れないようにした。

結子は自分でも分からないのだが、一郎にだけは何故かとてもぞんざいな態度をいつも取ってしまう。思い起こせば、保育園に手をつないで通うようになったのが付き合いの始まりだった。同じ地元の小学校、中学校に通い、高校まで一緒になった。そんな幼なじみで気楽だからというのが、結子が思いあたるぞんざいな態度になる理由だった。こんなに楽に言いたいことが言える友達は、東京で暮らしていた時の結子にはいなかった。

「結子、カメラマンやってくれま。お前高校ん時、写真部で賞も取ったやろ」

「……カメラはもう興味ない」

「頼むちゃ。役所の正式な仕事やしお金も出る。それにお前、お前ん家《ち》、元は写真館やん」

結子の家の玄関ドアから居間をつなぐコンクリートとタイル敷きの部分は、前は店舗として使われていた。結子の住む家はいわゆる店舗付き住宅なのである。店舗の中はほとんどの道具が片付けられて物はなくなっていたが、商品陳列棚に使われていた大ぶりのガラスのケースとお客さん用の革張りの待合ソファーはそのままになっていた。店内から見るとソファーの背に面した場所、店の外から見ると出入口ドアに向かって左側に二畳分ぐらいのはめ殺しの窓がある。その褪せた緑色の木枠のガラス窓には切り文字が貼ってある。

「純正現像　特急仕上げ　カラープリント1時間仕上げ」

文字は雨風でかすれているが、何とか読めるくらいは残っていた。

写真館は祖父が祖母と始め、祖父が亡くなった後は記念写真など客からの依頼で撮影する仕事はやめたが、祖母だけで証明写真や現像、プリントの仕事を続けていた。その影響で、結子は高校時代に写真にのめり込んだ。丁度デジタルカメラが大量に出回り始めた時代だったので、現像とプリントの手間とお金をかけずに、デジタルカメラでひたすら毎日沢山の写真を撮って勉強した。徹底的に撮影の量をこなしたおかげで腕前が上がったようで、試しに出した地元新聞社主催の写真コンテストで入賞した。それは水たまりに映った自分の顔を驚いて見つめる、おどけた幼い女の子の写真で、結子は学内でも一目置かれるようになった。けれどそのおかげで卒業アルバム委員にされてしまい、全ての学校行事に参加しなくてはならなくなった。面倒で手間のかかる記録撮影が増え、それをとても煩わしく感じるようになってしまい、メイクの仕事に興味が湧いてからは、写真撮影への熱はすっかり冷めてしまったのだ。

「それは随分昔の話。おばあちゃんがやっとったのは、現像とプリント受付だけだし」

祖母の服と仕事場から漂ってくる、浅いコーヒーのような匂いは、実は写真の現像液の匂いだったのだ。結子が子供の頃は、今のようなデジタル写真の時代ではなかった。その頃まで、祖母は学校や会社など沢山の取引先から頼まれ、写真現像プリントの仕事をしていた。そんな取引先というかお客さんの中に、白黒写真を大量に撮るアマチュア写真家のお得意さんがいた。そのお客さんは自分の写真についてしきりと話したがるおじさんで、結子はその人が来店するのが嫌だった。おじさんはやって来ると祖母に向かって、自分の写真の特徴は何で、どこに良さがあるのかを長々と語り始めて、なかなか帰らないからだった。なぜ祖母がそのおじさんアマチュア写真家の話を嫌な顔を全くせず、丁寧に聞いてあげていたのか、いまだに結子には分からなかった。

「そのばあちゃんの葬式ん時、ピンボケ写真を見て、結子ショック受けとったやろ。やからお年寄りの遺影写真をちゃんと撮るがやぜ」

祖母のピントがぼやけた遺影写真の話をされて、結子は思わず一郎を見た。

「お年寄りっちゃ、わざわざ遺影用の写真なんて撮っとらんから、ほとんどの人が、結子のばあちゃんと同じように集合写真を拡大したピンボケのヤツになるがよ。それを何とかしたくてウチの課長に企画、出しとったがやけど、やっと予算が下りてさ……まぁ歩合制やし、大した金にならんけど……」

「遺影……写真」

結子はそう呟くと何か真剣な顔で考え始めた。まだ青白く顔色が悪かったが、今の話で結子の目の色が少し変わった、と感じた一郎は話を続けた。

「魚塚《うおづか》に大きな団地があるやろ。あそこに住んどるのはお年寄りばっかりやから……行って欲しいがいちゃ」

祖母と同じような人たちのために役立つよう働くのであれば、少しは祖母への罪滅ぼしになるんじゃないか——結子はふとそう思った。

結子は撮影のためのカメラ機材を手に入れるため、高校時代の写真部の部長、市原《いちはら》に相談に乗ってもらうべく、片道2時間かけて彼の住む富山県黒部《くろべ》市まで訪ねて行った。当時から後輩思いの優しい先輩で、カメラオタクでいろんなメーカーのカメラを購入して、それぞれの特性を試すのが趣味の男だった。今は県内にあるスライドファスナーが世界的シェアを占める優良企業に勤めており、休日に野鳥を撮影しに行くのが一番の楽しみだという。そして思った通り、今もプロ用のカメラを何台も所有していた。結子はお年寄りのために遺影写真を撮ることになった旨を話し、市原にカメラを安く譲ってくれないかと、頭を下げて頼んだ。

「結子ちゃんには、かなわんわ」と苦笑して、彼はプロ用のデジタル一眼レフカメラだけではなく、遺影写真の仕事に使う、その他一式の機材を安く譲ってくれた。

オリンパスのフラッグシップ機でOM－D E－M1X。20ミリから40ミリの広角ズームレンズと40ミリから150ミリの望遠ズームレンズ。キヤノンのプロ用、高画質写真専用プリンター。そして撮影中にカメラが万一故障した時用に、サブカメラとしてPEN－Fと単焦点レンズだった。カメラバッグと三脚は、結子が高校時代に使っていたものを祖母が押し入れに大切にしまっておいてくれたので、それを使うことにした。

亡くなった祖母のためにやる仕事である。結子はちゃんとしたかったから、プロとして安心と信頼ができる機材を揃えた。ただその分、費用は高くつき貯金では賄えなかった。市原を更に拝み倒して、全ての金額を合わせて20回ローンの支払いにしてもらった。

手持ちの現金はあまり残っていなかったが、結子は自分で移動する手段を持っていなかったから、リサイクルショップで中古の自転車を買うことにした。自宅から魚塚の団地へは自転車で15分の道のりだった。


一郎が結子の家を訪ねてから数日が経っていた。その日は朝から空一面が厚みのある雲に覆われ、海の中のように静かに感じられた。結子は肩から一眼レフカメラを下げ、張り詰めた面持ちで懸命に自転車のペダルを漕いだ。緊張のため前の晩はあまり眠れなかったせいか、鉛の靴を履いているみたいに足が重かった。何を着て行くか悩んだが、役場の仕事なのだし遺影写真を撮ることを考え、結子は一応、黒いジャケットを着て行くことにした。

やがて目の前に4階建てで縦に4つ、横に6つの住居が並ぶ、古い象牙色をした、切り分けた羊羹《ようかん》のような形をした住宅が、左右に列をなして並んでいるのが見えて来る。それが魚塚の団地だ。一見すると、合わせ鏡の中でずっと続く虚像のように、住宅棟が途方もなく広がり、まるで難易度の高いドミノ倒しの牌が延々と並んでいるように結子には思え、気圧《けお》された。けれどその団地の一群に向かって、自転車のペダルを踏む重たい足に今まで以上に力を入れた。

広い丘陵地帯に広がる魚塚の団地は226ヘクタール、東京ドーム48個分の土地に建てられた。高度経済成長期、昭和40年代から開発された、いわゆるニュータウンで、テレビ、洗濯機、冷蔵庫を揃えて団地生活を送ることに夢と憧れを抱く、若い子育て世代が殺到して数多く入居し、富山市や高岡市などへの通勤者が暮らすベッドタウンになった。かつてはここには4200戸以上、16000人以上が暮らしており、広い敷地の中は南地区、中地区、北地区と大まかには3つのブロックに分かれている。そのエリアごとに各棟が建てられた時期が違うため、砂色、珊瑚色、伽羅《きゃら》色、象牙色――と色合いがまちまちだったが、それが逆に品が良く落ち着いた心地よさを感じさせてくれた。４階建ての住宅棟は、各戸に入るための共有部分の階段が３つあり、階段の左右に各住宅がある構造だ。昭和43年に最初に建てられた棟の各戸の間取りは、キッチンと３部屋、43㎡と小ぶりな住居だった。

今は敷地内のいくつもの住宅棟が取り壊されてなくなってしまい、歯抜けのようになっていた。棟の上部壁面にアラビア数字で書かれている棟番号は、途中にない数字もあるが、１から69までは残って建っている。結子は訪問していない家ができないように、数字の若い順に訪ねて回ろうと考えていた。

結子は団地敷地内を通る車道を１号棟のある南地区に向かって自転車で走った。その時、今まで忘れていた昔のことを急に思い出した。そう言えばこの団地に中学時代、クラスメイトが住んでいた。確か川村《かわむら》という苗字で、よく小学生と間違われると言っていたほど小柄で色白の女の子だった。そうだ、あの頃その川村に誘われ、何度かこの団地を訪れたことがあったのだ。色は違うが全く同じ形の板状の棟が、団地の中でずらりと並んでいるのを、あの時はひどく無機質に感じたが、そのクラスメイトの住んでいる家の36号棟はなぜか他と形が違っていた。縦長の直方体を３つ、上から見るとY字形に並べて合わせた形状で、４階建ての棟の中央部分に螺旋階段の階段室があり、各階、1フロアに3戸だけ住居がある構造をしている。それは通称でスターハウスと呼ばれ、他の棟とは違う洒落た独特のデザインだった。螺旋階段を下から見上げると三角形に見えて幾何学的な美しさをしており、結子はこのスターハウスだけが好きになった。

「スターハウスは団地の中では6つしかないがいちゃ。ウチは普通の棟より日当たりと風通しが良いから、すんごい人気で抽選だったんよ、ほんとやちゃ！」

団地に行く度にクラスメイトの川村が同じ話を自慢げにするので、結子はそのクラスメイトが苦手になって団地に行かなくなった。結子はそんな昔の出来事を自転車で走りながら思い出していた。

そのクラスメイトも今はもう、団地には住んではいないはずだ。団地内の見晴らしの一番の良い場所に配置され、団地の花と言われていたスターハウスは、数年前に全て取り壊されて今は跡形もない。スターハウスのなくなった空きスペースには、アスファルトを突き破って雑草が伸びているだけだった。

結子は一郎に言われた通り、団地の南側にある指定の駐車スペースに自転車を止めた。そこは団地案内図の看板が目印だったのですぐに場所は分かった。団地は広範囲に広がっており、敷地内の道を自転車で回った方が早くて効率も良いのだが、住人以外の人間が私有地の中で自転車を乗り回すのは良くない、ましてや役場の人間なら尚更なのでやめるように、と一郎から注意を受けていた。

結子は目印にした案内図で団地の全体像を確認してみた。地図の中には住居棟以外に住人たちが使用する地域センターが描かれていたので、誰かいるかもしれないから後で覗いてみようと思った。結子は大方の全体像を頭に入れると、予定通り徒歩で1号棟に向かった。

「あの団地は、老人以外ほとんど住んどらんよ」

結子が雪見町役場に挨拶に行った時、生活課の六渡課長からそう聞かされていた。六渡は一郎の遺影写真撮影のアイディアを応援してくれ、一郎に一任してくれている、見た目も心持ちも太っ腹な上司だ。けれど、どの棟のどの部屋に老人が住んでいるのか、個人情報保護のためなのか、なぜかはっきり教えてくれなかったので、結子は全ての部屋を1戸ずつ回るしか術がなかった。

1号棟の外壁は栗色を薄めたような亜麻色、そして抹茶色、濃い茶色の伽羅色の3色を使って塗装されており、枯淡の趣とやすらぎを感じさせる佇まいをしていた。結子は各戸に入るための共有部分の階段を上って行った。階段室に入ると壁の塗装が剝げて、浮いている鉄錆も目に付くようになり、否応なしに建物の古さが伝わって来る。この老朽化した建物は管理会社によって丁寧に修繕されてはいるが、建てられて50年も経っているから粗が見えるのは仕方がないことだ。

結子は鶯茶色の鉄製のドアの前に立った。口の中が急に渇いて行くのを感じた。ドアの隣に表札入れはあったが、名前は書かれていなかった。それでも住んでいる可能性はあると考え、名札のない住居でもチャイムを押して訪問しようと決めた。息苦しさを払おうと、思い切るようにドアチャイムを押して中からの返事を待つ。しばらく経ってもドアの向こうから反応がないので直接声をかけてみることにした。

「ごめんください。役場から来ました」

反応をもう少し待ってみるが、鉄製のドアの向こうに人の気配を感じることはなかった。結子は小さく息を吐いて踏ん切りをつけ、更に上の住居を訪ねるために階段を駆け上った。

1号棟にある24戸で反応があった住居は全くなかった。仕方なく2号棟、3号棟、4号棟と結子は回って行った。5号棟から外壁の色は薄緑がかった白色に変わった。そして各戸の鉄製ドアは紺碧の濃い青色に変わる。5号棟で最初に訪ねた1階の端の部屋の表札に名前はあったが、ドアにはこんなステッカーが貼ってある。

勧誘、セールスお断り。

結子は自分が、勧誘、セールスの人と思われるかもしれない、と躊躇って張り詰めた顔になったが、息を吐き目を強くつむって、しっかりと長めにチャイムを押した。ドア越しに部屋の中でチャイムらしき音が鳴っているのが微かに聞こえてくるが、人が出て来るような気配は全くない。

「こんにちは、役場から来ました」

結子はドアの奥に向かって大声で呼んでみるが返事はない。ここも留守のようだ。

団地のランドマーク、象徴とも言える給水塔は、魚塚の団地群の中で棟と棟の間をつなぐ土地、団地内の一番ロケーションの良い場所に配置されたまま、ちゃんと昔の姿で残っていた。給水塔とは団地の全ての部屋に給水の安全を維持するため建てられたものだ。地上から約40メートルの高さに円盤状のタンクを下から持ち上げているようなデザインの給水塔の脇を通り、結子は次の棟に向かった。

6号棟1階の部屋の前に立った結子は、濃い茶色のドアのチャイムを押してみるが、鳴らない。チャイムが壊れているようだ。

「こんにちは、役場から来ました」

やけになって大きな声で叫んでみるが反応はない。

仕方なく気を取り直し次の部屋へ。そんなことを繰り返しながら何ヶ所も回った後だった。赤錆が浮き上がっている、元は桃色だったのであろう、鉄製のドアが開いた。

チェーン越しに白髪の老女が、恐る恐るといった感じで顔を見せた。暗い深緑の上着にハーフリムのメタルフレームメガネをかけた今井《いまい》節子《せつこ》、70歳だった。

やっと住人が出て来たので、結子は緊張で思わず身体を強ばらせてしまうが、何とか用意していた台詞を伝える。

「あ、あの、遺影写真を撮りませんか」

節子は左の口元を引きつらせて、怖がっているのか、どもりがちに答えた。

「……お、お、押し売りは結構です」

私は押し売りではない、何か言わなくては、と結子が思っている間に、節子はドアを閉めてしまう。

言葉になりきらなかった、曖昧な、単語の断片のようなものが結子の喉元に残った。それは喉に引っかかった魚の骨のように気持ちが悪かった。

結子は最初に自転車を止めた団地案内図で見た、敷地内にある地域センターを覗いてみることにした。その施設は3階建て分の高さをワンスペースに使っており、体育館のように運動ができる広さの建物だった。

「WELCOME団地カフェ」

入口の横には薄緑色の木製板に白地で書かれた表札があった。意見箱だろうか、木製板には一緒に錆びた郵便受けが取りつけられていた。

これだけ回って訪ねても部屋から返事がないということは、ひょっとすると、この施設に皆が集まっているのではないだろうか、と結子は期待した。

施設の中に入ってみると、カーテンは全て閉じられており、暗い室内は誰も座っていない椅子とテーブルがいくつも並んでいるだけだ。結子は期待外れで落胆したが、気を取り直して次の棟に向かった。

無我夢中で団地を回り、結子は気付くと、12号棟の階段を上っていた。こんなに足を使ったのは久しぶりで、結子の足の腿は重く、鈍い痛みを感じ始めていた。けれど結子は、まだ誰一人ちゃんと話を聞いてもらってすらいない、と萎える気持ちを奮い立たせ、休憩も取らず、4階までの階段を足を踏ん張って上がろうとした。

12号棟4階2号室のドアは、昔は白色だったのだろうとかろうじて想像できたが、黄色く変色して全体が黒ずんでしまい、所々錆びついていたので、何色と言って良いか分からない状態だった。鉄製のドアの凹凸部分には埃が固まりになってこびり付いていて、汚れた交通安全のステッカーが貼られたままだ。表札入れには、古いＮＨＫの受信契約シールが半分めくれ上がった状態でかろうじて貼り付いていたが、住人の名前は書かれていなかった。

結子は祈るような思いでチャイムを押し、すぐにそのままドアの向こう側に向かって縋るように声をかけた。

「すみません、町役場から来たんですけど……誰かいらっしゃいますか？」

少しすると部屋の奥の方からかすかに男性の声が聞こえる。

「……開いとるよ」

結子はその返事の意味がすぐには分からなくて、少し考えた。

玄関の鍵をいつも開けておくという、東京とは違う田舎の習わしを思い出し、ドアは開いているから自分で開けて部屋に入って来るように、ということなのかもしれないと思い至り、ドアノブを回してみるとやはり鍵はかかっておらず、何の抵抗もなくドアが開いた。知らない人の家に本当に勝手に入っていいものか躊躇ったが、勇気を出して部屋の中に入ることに決めた。


結子が2号室の中に入ると、玄関は暗くて、物で溢れており、靴を脱いで置く場所が見つからなくて困ったが、脱いだ自分の靴を壁に立て掛けて、何とか部屋に上がった。何だか焦げたような汗臭い臭いがしてくる。結子はなるべく息を吸い込まないようにして、比較的明るいベランダに面している台所に向かった。ベランダと台所の間には大きめのガラス窓があり、そこから外の光が入っているのだ。

台所まで行くと、そこからは奥の居間が見える。居間の電気はついていないが、破れた障子戸を通した外窓からの日の光で、部屋の中が何となく見えた。

テレビの報道番組で見たゴミ屋敷のような光景が目の前に広がっていた。コンクリートの壁には鉛筆で子供が書いたような落書きが沢山あり、部屋の壁を隠すように並んだ大きな箪笥《たんす》には、アニメのキャラクターのシールが覆い尽くすように貼られていた。シールはかなり昔のキャラクターのようで、結子が知らないものばかりだった。

居間のテーブルの上はプラスチックの弁当の容器や食べ終えた缶詰がいくつもあり、食べ残した料理が入ったままの手鍋や大きな徳用ペットボトルの焼酎が置いてある。そしてそのテーブルの前には老人が一人ぽつねんとして座っている。老人はわずかに残った白髪頭からつながった白いあご鬚《ひげ》を生やしており、脱ぎ散らかした衣類や物に囲まれていた。

結子が老人に少し近づくと、急にお酒の臭いが鼻腔を衝いて来る。この老人はまだ昼間なのに既に酒を飲んでいたのだ。怖くないと言ったら嘘になるが、せっかくここまで来たのだからと思い、結子は強張った面持ちで今までなかなか言えないでいた台詞を老人に言った。

「……あの、遺影写真を撮りませんか」

老人は結子に全く顔を向けず、あらぬ方向の空の一点を見ながら沈黙したままだった。まるで機械仕掛けの人形のように結子には思えた。この老人の名前は北村雄二《きたむらゆうじ》。妻に先立たれ一人暮らしを続けており、今年75歳になる。まるで結子がそこに存在しないかのように反応が全くなかったので、結子はこの老人の顔をよくよく見つめてみた。目は暗く淀み、瞳にはなにも映っていないように思えた。もうこの場所から退散するしか術がなかった。

胃から何か苦いものが迫り上がるような気持ち悪さが襲って来た。結子はそれを振り払うように階段を降りて住宅棟の外に出た。中腰になって膝に手を置き、新鮮な空気を思い切り吸い込んだ。無性にどこかに座ってしばらく休憩したかったが、ふと見ると目の前に13号棟が建っていた。砂色と茶鼠色を下地にして桜色をあしらった壁の13号棟が、まるで自分を馬鹿にして上から見下して立ちはだかっているように思えた。だから無理やり13号棟に足を向けた。

13号棟を回ると、3階2号室のドア横の壁に黄色い木の牛乳瓶入れがかかっていた。それはこの部屋に人が暮らしている証拠のように思え、結子は濃い鶯色をした鉄製ドアの部屋のチャイムを押してみた。返事をしばらく待ってみるが、人の声は聞こえず、中からは何の気配も感じられなかった。

「ここもいない……」

結子はついに、深く長い溜息を吐いた。

33号棟の階段を、肩で息をしながら、重たい足を引きずって上って行く。結子は今日、既に７００近い部屋の住人を訪ね終え、捨て鉢な気持ちになっていた。意地でも誰かに遺影写真に興味を持ってもらいたかった。４階まで上がると、結子は３号室の前に向かった。鉄製のドアは薄い小豆色で、埃ひとつなく綺麗に磨かれている。きっと綺麗好きの住人が玄関を定期的に掃除しているのだろう。こういうお年寄りなら好意的に話を聞いてくれるかもしれない——結子は少しだけ期待してチャイムを押し、大声で呼びかけた。

「ごめんください。役場から来ました」

鉄製のドア越しに、部屋の奥から人が歩いて近づいて来る気配が伝わって来た。

やがて内側の鍵を外す音がしてドアが開き、気難しい表情をした老女が顔を出した。

髪は自然な黒色に染めており、着ている褪せた黒茶の落ち着いた色合いの上着からも、身なりに気を遣っているのが分かる。しかし老女は結子を見ると、身体を強張らせて唇を結び、疑いの目で見つめた。

結子は慌てて「役場から来ました」ともう一度答えた。

「役場の人……」

老女は不安そうな顔で考えていたが、あごを強く引くと「どうぞ」と招き入れてくれた。

結子は戸惑いながらも「お邪魔します」と頭を下げて部屋に上がった。

老女の家は、玄関から入って右の部屋が広めのダイニングキッチンになっており、4人掛けの食卓テーブルが中央に置いてある。部屋の中は濃い木目調の家具に囲まれており、濃紺色の織物が壁掛けに使ってある。老女は一人で暮らす山岸和子《やまぎしかずこ》、80歳だった。結子が和子に付いてダイニングキッチンに入ると、和子の最初の険しい表情は幾分薄れたように思えた。

「来客なんて珍しいから、何もないけど」

和子が戸棚からお菓子の入った漆の器を出してテーブルに置くと、結子に椅子を勧めてくれる。結子は座って良いものか分からなくて、戸惑い、言おうと思っていた台詞を焦って早々と言葉にしてしまう。

「あの、遺影写真を撮りませんか、遺影写真って分かりますか？　お葬式の時に使う……」

「遺影……遺影なんて縁起でもない」

和子は両手を左右に振り、けんもほろろだ。

「……すみません、じゃあ帰ります」

結子は仕方なく、うなだれて部屋を出て玄関に向かうしかなかった。

それを見た和子は意外だったようで、もう帰ってしまうの、と驚いて結子を追う。

結子が靴を履いたのを見て、本当に帰ってしまうことを理解したようで、残念そうに結子を玄関で見送る。

「最近誰とも話しとらんから、おしゃべりしたかったんだけどね」

結子はその言葉に思わず振り返り、和子を見つめてしまう。その和子の姿は、ひとりぼっちで暮らし続けていた結子の祖母と何故か重なって見えた。

「ご苦労様」と、和子は名残惜しそうにドアを閉めた。

結子はドアの外で立ち止まったまま、閉まった扉の奥、見えないその先を見つめた。祖母が結子に決して見せなかった本心を、今やっと聞いたように感じたのだ。

結子が和子の住む33号棟の家を訪ねてから2日が経った。結子は団地にある住居は一通り全部訪ね終えていた。全く返事がなく部屋の中に気配すらない家。気配があるように感じるが返事がない家。しっかり気配は感じるが返事のない居留守の家。そんな家ばかりで、直接遺影写真の話ができた住人は数えるくらいしかいなかった。そして誰一人、遺影写真を撮ってみようと言ってくれる人はいなかった。

団地の敷地内には遊具のある公園が造られていた。遊具は団地に住む子供たちが遊べるように設置されたものだが、その動物の形をした象形遊具は年月が経ち、ペンキが剝げたままで塗り直されることなく、雑草が生い茂る公園の中に埋もれている。カバ、ラクダ、子鹿の遊具の中から、結子はカバを選んでそこに座った。そして今日の朝、団地に来る途中にあったパン屋で買った昼食を鞄から取り出した。結子は大好きなメロンパンとチョコ コロネを食べながら、一眼レフカメラの設定を確認し始める。最近のデジタルカメラは撮影者の好みに合わせて、ありとあらゆる設定が可能だ。選択肢が豊富にありすぎて逆に困るんだよな——と結子は思いながらも、ついつい細かい設定に夢中になってしまう。

「どうけ？　調子は」

急に声が聞こえた。声だけで一郎だと分かった。結子は一郎を見も答えもせず、カメラの設定を操作しながらメロンパンを食べ続けた。

一郎は隣の黄色いラクダに腰を下ろして、結子が持っているカメラを見て感心した顔になった。

「そん高そうなカメラ、どうしたが？」

「中古だけど、ローンにしてもらって、手に入れるのに苦労したんよ」

結子は話した拍子にメロンパンを喉につまらしてしまい、咳き込んでしまう。

「こぉ、差し入れ」

一郎が気を利かせて、紙パックのオレンジジュースを結子に渡してくれた。一郎が結子と一緒に飲もうと思い、自分の分と持って来ていたのだ。

結子は一郎から渡されたジュースを慌てて喉に流し込んだ。

「……ありがと。結構回ったけど、遺影写真撮りたい人なんておらんよ。遺影って聞いただけで、縁起悪いって……門前払い」

一郎は予想していたかのように平然と頷いた。

「……そうけ」

「何かいい手ないが？」

結子は何とかして遺影写真を撮りたくて聞いたが、何故かぶっきらぼうな言い方になってしまう。

前向きな言葉を意外に思いながらも、そんな結子が嬉しくてつい笑顔になる一郎。

「……ニヤついとらんと、いい手考えて」

「はいはい」

乱暴で無愛想に言われても、暗い顔で家から出て来なかった少し前までの結子と比べたら、とても喜ばしいと一郎は思って再び微笑んだ。


数日後の朝、肩から一眼レフカメラを下げて自転車に乗った結子は、一郎との約束の場所に向かった。それは南側にある団地の入口前だ。一郎はとにかく来てくれと言うだけで、結子がその理由を聞いても教えてくれなかった。結子が腑に落ちないまま団地の入口に近づくと、一郎の車、爽やかなペールグリーンのラシーンが駐車されているのが見えて来た。高さを抑えた角張った外装デザインが特徴的なので、遠くからでも一目で分かる。ラシーンは何年も前に生産が終わっていたが、今でも中古車が人気の車だ。こっちに戻って、最初に一郎がこの車に乗っているのを知った時、気に入った物を長いこと大切に使い続ける、一郎らしい選択だと結子は思った。

入口に更に近づくと、ラシーンの前に一郎と一緒に背が高くスタイルの良い女性が立っているのが見えた。誰だろうと思いながら、結子は一郎の前で自転車を止めた。

「この辺のお年寄りのお世話をしとる、ソーシャルワーカーの樫井《かしい》美咲《みさき》さん。樫井さんが担当しとる人なら、遺影写真の話、聞いてくれっかもって」

一郎は結子に言われた通り、遺影写真を撮るための次の良い手を考えてくれたのだ。チャイルドシートが付いた俗に言うママチャリの横にいる、パンツスーツ姿で髪を一束にまとめた顔立ちの整った女性が、結子に向かって微笑みながら会釈する。

「こんにちは……早速これから行ってみるけ？」

今年35歳になる樫井美咲は、都会的な見た目と違い、躊躇いもなく地元のイントネーションで話す。気取りがなく、さっぱりと気さくな女性だった。確かにこういう親しみやすい性格でソーシャルワーカーという仕事をしている人なら、老人も話を聞いてくれるかも、と結子は納得しながらも、一郎がこんなに早く上手い手を考えてくれるとは思っていなかったので、戸惑ってしまっていた。

「えっ、はい」

「なら樫井さん、お願いします」

一郎は早々に立ち去るべく、車に乗り込んでしまう。

「行こ！」

美咲は結子を更に促し、ママチャリを押して歩き出す。美咲が一人でどんどん行ってしまうので、結子は戸惑いながらも自分の自転車を押して、急いで後に続いた。

結子が美咲に追いつき、横に付けて自転車を押して歩いていると、美咲が親しげに聞いて来た。

「音更さん、星野くんと幼なじみながやって？」

「家が……近所だっただけです」

美咲は結子の言い方が少し引っかかって、結子の真意をさぐろうと思い、結子の顔をまじまじと見たが、不機嫌そうに口をとがらせた表情からだけでは結子の気持ちはさっぱり想像できず、思わず首を傾げた。

目的の家へ向かう道中、美咲は自分のことを結子に話した。美咲は東京の大学を卒業した後、しばらく東京で働いていたが、結婚をきっかけにこの街に戻って来ると、社会福祉士の資格を取ってソーシャルワーカーの仕事をしながら、夫と5歳の娘と一緒に暮らしているということだった。美咲の仕事は地域の高齢者の住む家庭を訪問し、生活を送る上での不安や困ったことに対する支援を行うのが主な内容だ。具体的には訪問ヘルパーの手配や介護申請の手助けなど、生活全般の相談にのるのだ。

この団地は、エリアごとに色合いが違うだけで同じ形の建物が並び、棟の構造が全くといっていいほど同じせいで、自分が今いる場所を勘違いしたり間違えたりすることがしばしば起こる。だから結子は最初、美咲に4階3号室の前に連れて来られても、気付くことができなかった。あれ、まさか――と思い、3号室の薄い小豆色の鉄製のドアが開いて、結子はやっと思い出した。ここが先日訪ねて話した住人の部屋だったことに。

開いたドアから、気難しい顔をした山岸和子が出て来たのだ。

「あら、こないだの縁起でもない人」

結子はばつが悪くなって唇を歪めた。美咲が驚いて結子の顔を見るので、仕方なく、なんとか苦笑いを美咲に返して、和子に頭を下げた。

「すみません」

和子は美咲と結子を家の中に招き入れてくれ、ダイニングキッチンにあるテーブルの方に案内した。

「……樫井さんのお友達だったが」と和子は納得したように言う。

「結子ちゃんしばらく東京に出とって、最近こっちに帰って来たがです。やっぱり地元が好きやからって。ね」

美咲が結子に、どこか芝居じみた態度でなごやかに笑いかけてくるが、結子にはその意味が分からず、戸惑ってしまい、黙って美咲を見ることしかできなかった。

すると、美咲が眉をひそめて素早く二度、頷く。ひょっとして美咲が無言で自分に従うようにと言っているのではないかと思い、結子は頷いてから慌てて返事をした。

「は、はい」

「こっちの方が魚、断然美味しいもんね、結子ちゃん」

言いながら美咲は台所に向かい、料理の支度を始める。

「あっ、はい」結子は美咲に従って言った。

結子は和子と何か話をしなければと話題を探したが、上手く見つからなくて困り、黙り込むしかなかった。

「今日は、和子さんが好きそうなキトキトなお魚、持って来ましたよ。ハチメ。煮魚が良いですよね？」

美咲が声をはずませて、パックに入った新鮮な赤い魚を和子に見せる。キトキトというのはこっちの方言で、活きが良いという意味だ。ハチメは北陸ではなじみが深く、ビタミンCが多く含まれて美肌に良いので、この地方の女性には人気の魚だった。

「煮魚は、一度熱湯にくぐらせて冷やしてね、下ごしらえすると美味いがやちゃ」

結子は自分の祖母も同じような話をしていたのを思い出し、この話題なら話せる、と興奮しながら急いで言葉にした。

「それって、霜降りって言うんですよね。私のおばあちゃんもよく言ってました。美味いもの食べるがに、手抜きはいけないって」

「……いいおばあちゃんだね」

結子は祖母のことを褒められて、自分が褒められるよりも嬉しく思った。和子の顔が緩んだのを見て、結子は、懸命に臨んでいる内に知らず知らず入ってしまっていた肩の力が、ふと抜け落ちるのを感じた。

美咲がキッチンでハチメの鱗を取り、下ごしらえを終え、エプロンをたたみながら和子に世間話でもするように話を切り出した。

「先日、友達のお母様の葬儀に出たがですけど、遺影用に写真を撮っとられなくて、ピンボケっちゃ分かります？」

「分かっとるよ」

テーブルで結子と向かい合ってお茶を飲んでいた和子は、笑いながら答えた。

「遺影のお写真がピンボケで、家族の皆さんも随分せつない思いをされとられました」

「そう言えば、友達のヒデさんの時もボケとったね……」

「結子ちゃん、そうならんように役場から頼まれて、ちゃんとした遺影写真を撮る仕事をしとんがです」

「それでこないだ訪ねて来たがや」

結子はすぐに強く頷き、しゃにむに気持ちを伝えようとした。

「私のおばあちゃんの写真もピンボケだったんです。私、それがすごく悔しくて、だからこの仕事を……」

和子は冷静に、息を凝らすように結子をじっと見つめた。

「……あんた、車持っとる？」

「車、ですか」

「行きたい場所があるがよ。そこで撮るがなら、良いよ」

結子は予想外の展開に、思わず美咲の顔を見た。美咲が満足そうな顔でこっちを見ていた。遺影写真を撮れるのは願ってもない話だが、自分が持っているのは自転車だけだ。とにかく何とかして車を用意しようと考えた。

15分くらい待っていると、羅針盤がその名の由来の、クロスカントリー車のような風貌を持つラシーンがこちらに走って来るのが見えた。和子の部屋に続く階段室の1階、壁が檸檬色に塗られた入口前に、結子は美咲と和子と一緒に立っていた。

何か大変なことでも起きたのか、という緊張した面持ちで、一郎が慌てて車から出て来る。

「何け、急用ちゃぁ」

「車の鍵」

結子が有無を言わせない態度で、早く鍵を出すよう一郎に手を差し出して催促する。

一郎が言われたまま手にしていた鍵を差し出したので、結子は素早く鍵を奪い取った。

「和子さん、どうぞ乗ってください」

結子はペールグリーンの車の後部ドアを開けて和子を促し、自分は運転席に乗り込んだ。

「ゆっくりゆっくり、頭、気をつけてくださいね」と美咲が和子を介添えして後部座席に座らせてくれる。

一郎は、何の説明もないまま物事が勝手に進んでしまい、呆気に取られた。

「え？　結子、仕事中なんやけど」

一郎の抵抗むなしく、和子を乗せたラシーンを結子は発進させてしまう。

走り去る車を一郎は不満げに見送った。

笑いながら美咲が一郎の肩を叩いて慰めてくれたが、一郎は苦笑いするしかなかった。

窓外には防波堤越しに凪の海が見えて来る。水平線にひとつだけ浮かんだ小島のような岩が、ゆっくりと海原を渡って行く舟のように見える。海岸沿いの道を結子は制限速度を守りながら走っていた。結子は東京で働いていた時に、仕事の都合で運転免許を取るように言われ、仕事で頻繁に運転した時期があった。今まで事故を起こしたことはないが、お年寄りを乗せているので、なるべく慎重に運転することを心がけた。

窓から海を見ていた和子が少し嬉しそうに結子に話しかけて来る。

「生きとる間にね、もう一度行きたかったけど、歩いて行くには不便だし。諦めとったんよ」

「そうだったんですか」

結子は気の利いたことが言えず、優しく頷くことぐらいしかできなかったが、和子の様子をバックミラーから時々見守りながら安全運転を続けた。

大きな河にかかった斜張橋を渡り、和子に言われた通りの道を進み、ラシーンは古い街並みの残る下町に到着した。

結子は車を止めると素早く降り、後部座席のドアを開けて和子に尋ねた。

「ここですか？」

懐かしそうに周りを眺めた和子が、少し先に見える古い木造建築の町屋を指差した。

「ええ、ここ」


「洋服のお直し　丈つめ　裾上げ　原井《はらい》修繕工房」

町屋の表にしつらえてある大きなガラス窓に、そう文字が書かれている。昔は修繕が主だったのだが、今では服のアップサイクルを生業にしている店だった。入口右手のショーウインドーには黒光りした年代物のミシンが飾られている。

結子と和子が店の中を覗くと、通り土間が受付と作業場になっており、ずらりと並んだミシンの前に職人が並んで針仕事をしているのが見えた。

「和子さん！　ご無沙汰しております」

店を切り盛りしている原井さち子が和子に気付き、急いで奥から出て来て声をかけてくれた。さち子は店主だった先代の娘で、彼女が学生だった頃から和子は知る仲だった。さち子と和子は照れ臭そうに手を握り合った。

「元気にしとられました？　母のお葬式以来かしら」

「さっちゃん、突然ごめんね、少し中いいけ？」

「もちろん、どうぞどうぞ」

さち子は結子にも中に入るように勧める。

和子は懐かしそうに店内を見回し、どんどん奥へ入って行くので、結子も後に続いた。和子は古いミシンを見つけると、急いで触ろうとして仕事場の段差につまずきそうになる。結子が慌てて和子の身体を支えたおかげで転ばずには済んだ。和子はどうも少し興奮しているようだ。

「懐かしい！」と、和子は三菱《みつびし》製の鉄製足踏みミシンを手で撫で、針刺しや裁縫道具を大切そうに触り始める。

「初めはいろんな色の糸が使えるのがただ嬉しくてね」

24色の修繕糸が並んだ小ぶりの棚に近づき、糸のひとつを手に取り、和子は当時を思い出すように振り返り始めた。和子はかつてここで修繕の仕事をして働いていたのだ。

「昔は今みたいに服を簡単に捨てる人も少なくてね、直す服が沢山あって、そりゃあ忙しかったんよ。でも楽しかった」

服を直す当時の仕事が一体どんなものだったのか、結子にははっきりとは分からなかったが、和子にはとても大切なものだったことが、和子の顔つきや立ち振る舞いから伝わって来て、和子の話を結子は真剣な眼差しで聞いた。

色とりどりの修繕糸のロールが沢山並ぶ大きな棚が、壁を塞ぐように店の奥に立っていた。和子がその大きな棚の前まで来て、暫《しばら》く見つめると、弾むように言った。

「ね！　ここで写真をお願い」

結子はじっとりと手に汗を感じたが、カメラを強く握るよう意識して構え、息をゆっくり吐きながらファインダーの中の和子にフォーカスを合わせた。

「ここのレンズ見てくださいね」と、指でレンズを差して結子は和子に知らせる。

薄紅色、紅色、赤、紅柄色、朱色、赤茶色、茶色、こげ茶色、橙色、蜜柑色、土色――98色の修繕糸のロールが並んだ色どり豊かな大きな棚の前で、意気揚々とした和子の像がカメラの中で結ばれる。でもどこか、何かがしっくり来なかった。和子が霞んで、しおれているような気がして、顔の色のせいだと気が付き、カメラを下ろした。

「すみません、ちょっと直しますね、口紅お借りできますか」

結子は和子に断り、和子の鞄の中の化粧ポーチから口紅とファンデーションなどを借り、今ある手持ちの化粧道具だけで和子の化粧を直し始めた。その手ぎわは全く無駄がなく、的確で素早かった。メイクの仕事をしていたことが一目で分かる腕前だ。ファンデーションをパフでなじませ、眉を綺麗に整え、口紅を輪郭にそって綺麗に塗り終えると、結子は和子の顔から少し離れて顔全体を確認し、手鏡を和子に渡した。

「できました」

鏡の中に、今までとは明らかに違う、生き生きとして艶やかな和子の顔が見える。鏡を見た和子の顔が、思わずほころんだ。

「和子さん、お綺麗ですよ」と、離れたところから見守っていた、さち子が声をかけると、和子も照れ臭そうに微笑んだ。

結子は東京で仕事をクビになり、メイクを必死に勉強し続けたことが無駄になったと、今までは思っていた。だから、こんな形で役に立つようになるのはとても意外で驚きだった。

「後ろの棚も、写してね」

和子は興奮気味に、修繕糸の並ぶ大きな棚の前に立った。

和子のリクエストに応え、背景を活かしたショットなど、何パターンかの写真を結子は撮る。シャッターを切る度に若々しい笑顔をカメラに向ける和子。和子は子供のようにはしゃいでいる。祖母の死から、結子は一度も笑顔になったことはなかった。でも、目の前の和子を見ているうちに、久しぶりに、少しだけ笑顔になれた。


数日後、修繕工房の大きな棚の前で撮った写真の紙焼きプリントができあがると、結子は和子の家を訪ねた。美咲に修繕工房での撮影の一件を話すと、美咲も興味があるらしく一緒に来てくれた。ダイニングキッチンの食卓テーブルに座った和子に、結子が白い紙箱からＡ４の額縁に入った遺影写真を取り出して見せる。いろんな色の修繕糸のロールが並んだ棚の前で、赤いロール糸を顔の前で持った、生き生きとした笑い顔の和子がそこにはいた。

和子は自分の写真を見て、心から嬉しそうで、安心した顔になった。

「素敵やね」一緒に写真を見た美咲が思わず声を出した。

和子はふと、なにげなく呟いた。

「これは遺影写真じゃなくて、思い出写真やね」

「思い出……写真……」

撮られた人じゃないと思いつかない言葉だと結子は思った。

「そう、思い出写真」

和子が写真と同じ、生き生きとした顔で目を輝かせて言った。

結子は和子が言った言葉の音色を噛み締めた。「思い出写真」の響きとその意味にある、温もりにすっかり魅了された。

第２章　錆びた鉄扉

「さまのこ」の家並みが続く雪見町は日が落ち、薄暮の明かりが御影石の石畳に反射して、行く道を照らし出し始める。軒下に吊るされた高岡鋳物の風鈴が柔らかな風に揺れ、清々しい音色を奏でている。結子が写真館だった実家から飛び出し、石畳道を駆けて行く。5軒ほど離れた「さまのこ」の家の前まで来ると、結子は玄関の引き戸を何の断りもなく開けて、家中に向けて大きく声をかけた。

「おるー？」

そして結子は返事を待たず、そのまま中に入ってしまう。

結子は玄関から長い土間を通り、踏み石で靴を素早く脱ぐと広い座敷へ上がり、続きの間に向かう。そこは中庭に面した和室で、一郎の部屋だった。

と言っても、今はこの家には一郎しか住んでいない。一郎は2年前に一緒に暮らしていた母を亡くしたからだ。随分前に父も亡くなっていたから、一郎は家族をすべて失ってしまった。一郎が結子にいつも優しく接してくれるのは、同じように家族を失った悲しみが分かるからなのかもしれない。

一郎の部屋は綺麗に整頓されているが、大きなキャンバスに描かれた油絵がいくつも並び、絵を描く道具と途中描きの絵がそのまま置いてある。キャンバスには地元ならではの雪の五箇山《ごかやま》合掌造り集落、海越しに望む立山連峰、みくりが池、風の盆が描かれていた。これらの油絵は一郎が自分の足でその場所をちゃんと訪れて、実際に見て感じたままを描いた富山の愛すべき風景だった。そんな一郎の部屋にある絵画の数々を見回してから結子は言った。

「やっぱまだ、描いとる」

丁度、一郎は部屋の真ん中でパソコンに向かって、家に持ち帰った役場の事務仕事をしていたところだった。だからパソコン画面を見たまま結子に言った。

「来るがなら、連絡くれよ」

「あんただっていつも勝手に来るじゃない」

「なんけ？」

結子は一郎に、持って来た画用紙を手渡した。そこには子供の落書きのような手描きの稚拙な絵と、同じく手書きで見出し文字が書かれていた。

おもいで写真

絵の輪郭線は鉛筆描きのよれた線で描かれ、輪郭の内側は色鉛筆で大雑把に塗られている。

まるで「お手上げ」と言っているような困った顔の女の子と、髪の毛のない目の小さいおじいさん、それからパーマをかけたメガネのおばあさんらしき人物が並んでおり、結子が一所懸命描いたことだけはとても伝わってくるイラストだった。一郎は紙に書かれた手書きの文字を声に出して読んでみた。

「おもいで写眞……あなたが好きだった、素敵な思い出のある場所で、写真を撮ります」

結子が興奮して勢いよく言った。「和子さんの話、聞いて思いついたん。遺影って言うと嫌がられるけど、おもいで写眞って言えば、みんな撮ってくれるかなって」

「うん。すごいいいアイディアやと思う……で？」一郎が目顔で結子に、一体どうしたいのか、と聞く。

「チラシ作って。こういうの得意でしょ、元美術部だし」

「いいけど。にしても、ひでぇ絵」と一郎は苦笑いした。

「うるさい」

一郎は笑いながらも画用紙の下の方に書いてある文章に気付き、ふと疑問に思う。

「日帰り県内、無料で車でお連れします……っちゃぁお前、車どうすんが？」

言われて、結子はただニヤニヤしながら一郎を見た。

結子が一郎の車を当然のように使うつもりでいるのに気が付き、一郎はうんざりした声を出した。

「えぇ――――」


3日後。結子はチラシの束を手に1号棟の前に立った。チラシには明るくデザインされたおもいで写眞の文字と、一郎が描いてくれたイラストが大きく真ん中にあしらわれている。二人の白髪のおばあちゃんが、何かとても楽しいことがあったようで大きな声で笑い合っている、その瞬間を写実的に描いた、ほのぼのと優しいイラストだ。

結子はチラシを見ると満足げに頷き、壁が檸檬色に塗られた階段室の入口に入って行った。

階段を上り、鶯茶色のドアの部屋、小豆色のドアの部屋、濃い桃色のドアの部屋、亜麻色のドアの部屋と、玄関ドアの郵便受けにチラシを入れる。

「お願いします」

と、ドアに向かって頭を下げたり、手を合わせたりして、部屋を巡って行くのだ。褪せた花浅葱《はなあさぎ》色のドアの郵便受けにチラシを入れようとすると、何故か郵便受けが開かない。指で強く押してみるが、内側から塞がれているのか、開かない。仕方ないので「ごめんください」と声をかけてみるが、返事はない。結子はここにチラシを入れるのは諦めたが、それでも気を落とさず、次の部屋に向かって階段を駆け上がって行った。

一方、一郎は雪見町役場の廊下にある連絡告知用の黒板に、おもいで写眞のチラシを貼り出した。他の掲示物の中でもこのチラシが一番目立っている。それは一郎が描いたイラストのインパクトが大きいからで、我ながら良い出来だと思って満足げに微笑んだ。

その日、和子もおもいで写眞のチラシを鞄に入れて外出した。かかりつけ医に診察を受けた後、血圧の薬をもらうために薬局に立ち寄ると、待合に知り合いの南雲《なぐも》千代《ちよ》がいたので声をかけた。千代は病院や薬局でよく顔を合わせるので、話すようになった今年75歳になる友人で、髪全体がグレイヘア、細身で真面目そうに見える女性だ。住んでいる団地の棟は離れているが、同じ魚塚の団地の住人だ。和子は鞄からチラシを取り出し、千代に渡した。

「千代さん、これお願い」

「チラシ？　何か良いことあるが？」

「これ、無料で連れて行ってくれるんよ」

千代は手に取ると興味深げにおもいで写眞のチラシを読み始めた。

美咲は近くの地域包括支援センターを自転車で訪れた。丁度入口で、顔見知りの訪問入浴サービスのスタッフの二人が浴槽の掃除をしていたので、声をかけた。

「ご苦労様です。おもいで写眞っていうのをやるんですけど、これ皆さんに配ってもらえますか？」と、おもいで写眞のチラシを差し出した。

「こんにちは」とすぐに挨拶を返してくれた、茶色い髪の若い男性スタッフが興味深げにチラシを受け取り、読み始める。

もう一人のベテラン女性スタッフも「ご苦労様」と挨拶し、作業しながらもチラシを覗き込んで、すぐに反応してくれた。

「へえ……館内の掲示板にも貼っておこうか？」

「いいですか、じゃあこれ」

美咲は喜んで、チラシを更に追加して男性スタッフに手渡した。

結子は、赤錆の浮いた、元は桃色だったであろう鉄製のドアの前にいた。前に「押し売りは結構です」と、とりつくしまもなく話を聞いてくれなかった、6号棟2階3号室、今井節子の家だ。このチラシを見て、訪ねて来た本来の目的を分かってもらえたら、と思っていた。

結子は断られた団地の住人に対しても声がけを諦めたくなかった。だから祈る気持ちでチラシを3号室の郵便受け口に入れた。

節子は玄関で物音がしたので、そちらに向かった。鉄製ドアの内側にある郵便受け箱にB5サイズ程度の一枚の用紙が落ちているのに気が付き、思わず手に取り読んでみた。

「おもいで写眞」

おもいで写眞のチラシには雪見町役場の福祉サービスである旨、サービスを受けられる対象者の規定、生活課の担当者である星野一郎の名前、問い合わせ先の電話番号なども書かれている。節子はこのチラシのサービスが決して怪しいものではないことを初めて理解した。そして何よりもチラシに描かれたイラストのおばあちゃんたちに惹きつけられ、しばらく見つめた。そして節子はふと思った。
できることなら、こんなふうに自分も誰かと笑い合ってみたい――思いきり。

節子は今、一人で暮らしている。子供の頃からいろんな国のさまざまな物語を読んで知るのが、一番楽しくて大切な時間だった。そんな素敵な時間がつまった本が、自分の身体が簡単に埋もれてしまうほど沢山並んでいる図書館が、一番幸せを感じる場所だった。だから司書として図書館に勤めることにした。大人になっても図書館には、やはり自分が簡単に埋もれてしまうほど、沢山の本が並んでいて、職場にいるだけで気持ちが華やいだ。

今はもう亡くなってしまった夫と若い頃に出会ったのも、勤めていた県立図書館だった。後に夫になる今井圭介《けいすけ》は3日に一度、会社帰りの閉館間際にやって来て1冊だけ小説を借りて行く、ちょっと変わった人というのが最初の印象だった。

節子は8年前に病気になり、その後遺症で左の口元と頰に引きつりと軽い麻痺が起こるようになった。上手く笑うことができなくなり、外で誰かと会って話すのは嫌になった。だから今は、外出は必要最低限にして、家にこもり、本を読んでばかりいるようになっていた。

その日、節子は図書館で借りて読み終えた本を返却しに、団地内の地域センターに向かった。地域センターには図書返却ポストが常設されており、本を返す際、家から離れた図書館まで足を運ばなくても済むサービスが行われている。節子が地域センターの前に来ると、1階に設けられた団地カフェに珍しく人がいるのが分かった。しかも一人二人でなく、数人だ。不思議に思いながらセンターに入り、ポストの前まで来て、借りていた本を返却口に入れた。するとカフェの人たちの話し声がはっきりと聞こえて来た。

「これがおもいで写眞！　いいわ」

節子が声の方を見ると、知らない高齢者たちが4人、奥のテーブルに集まって騒いでいた。彼女らと節子は話したことはないが、見たところ近い世代に思える。

節子が見たグループの中心で、ゆったりと座っているのは、穏やかで優しい笑顔の山岸和子だった。

「見せて、見せて」

和子の周りの三人の老女が、額縁を交互に奪い合って見ている。和子が誇らしげに、でも素直な感じで言う。

「部屋に飾って毎日見るが、楽しいが」

額縁の中には写真が入っているようだったが、節子からはよく見えない。どんな写真なのか、節子は無性に見たくなって、老女たちに歩いて近づき、写真を覗き込もうとした。けれど老女たちが額縁の写真を奪い合っているため、まだよく見えない。

さっき「おもいで写眞」と言っていた気がするけど、あれはもしかすると、少し前に郵便受けに入っていたチラシに書かれていた物の実物なのでは——と節子が考えていると、グループの中心にいた老女の声が聞こえて来た。

「カメラマンの結子ちゃんは東京でお化粧の勉強もしたからね、お化粧もちゃんとしてから、撮ってくれるが」と、和子が楽しいことを思い出すように皆に話したのだ。

「さすがプロは違うちゃ。和子さん、綺麗」

三人の老女たちの中の一人、髪をベリーショートにした福田《ふくだ》スミが、額の写真を羨ましそうに自分の目の前に掲げて見つめる。そんなスミの腕を和子が励ますように叩く。

「あなたも撮ってもらったら」

スミは恥ずかしい気持ちもあるが、自然と胸が躍り、頬を赤らめて考え込む。「どうしようかしら」

その時、節子の位置からやっと額縁の中が見えた。

そこには想像した通り、人物の写真が入っていた。それはグループの中心にいる落ち着いた感じの女性で、色とりどりの糸が並んだ大きな棚の前で、輝くように微笑んでいる写真だ。節子はその老女の満面の笑みから目が離せなくなった。

あれが、おもいで写眞なのか——それは節子が想像していた以上に魅力的に見えた。

和子を囲んでいたスミ以外の老女、細面の千恵子《ちえこ》と丸顔の朋子《ともこ》も、自分ならどこで写真を撮ってもらうか、楽しそうに話し始める。そんな老女たちの様子を、結子と一郎はカフェの反対側、離れた席から見ていた。二人は和子がおもいで写眞を勧めて、宣伝してくれるのを、邪魔にならないよう見守っていたのだ。老女たちの話を聞いていると、おもいで写眞が他の老人たちにも好意的に受け入れられているようで、二人は和子にとても感謝した。そして、おもいで写眞への期待で胸が高鳴った。

チラシを配り始めて数日後、和子の友人の南雲千代から、おもいで写眞の依頼があった。和子が勧めて誘ってくれたおかげだ。結子は一郎から借りたラシーンのトランクに重たい撮影機材などを載せて意気揚々と家を出た。結子が撮影のために常に携帯しておきたかったのは、大ぶりな一眼レフとズームレンズが2本、予備のカメラとその他が入った大きなカメラバッグ、そして三脚だ。これらを絶えず肩から担いで持ち運ぶのは女性には骨が折れて、かなりきつい。それに写真を撮る内容によっては、他の機材などを運ぶ必要もあるかもしれないので、トランクが広めで機材を運びやすい一郎の車を借りられたのは有難かった。但し、一郎はそのせいで、仕事中は役場の車を使い、通勤はバスを使うことになってしまった。

結子は真面目そうなグレイヘアの千代を車で迎えに行き、写真を撮りたい場所を尋ねた。千代が写真を撮るのに選んだのは、団地のすぐ近くにあるスーパーマーケットだった。スーパーと言っても野菜と果物、生鮮食品、ちょっとした日用品が置かれているだけの、よろずやに近い店だ。結子は千代が選んだのが特別な場所ではなく、何の変哲もない場所だったことがとても意外だと思ってしまった。

結子は店主に頼んで椅子を借りると、スーパーの前で千代のメイクを直し始めた。和子の時は、その時にあるものだけでメイクをしたが、今回からは、無理してかき集めたメイク用の道具を何種類も入れた、メイクボックスを持って来ていたのだ。千代への化粧はグレイヘアとのバランスを考え、眉は薄いブラウン系で描いた。メイク中の千代と結子の横を買い物客たちが珍しそうに見て、通り過ぎて行く。結子は気にせず、真剣にメイクしていたが、千代が恐縮して声をかけてくる。

「ごめんなさい、こんな場所で……」

「いえ……全然大丈夫です。東京ではもっと人の沢山いる前でやってましたから。駅前にある薬局の店頭とか……」

「そう……あなたも色々、苦労したんやね」

千代のまぶたのメイクを最後に終え、全体のメイクが完了したことを結子が伝えると、千代が辺りを見回しながら言った。

「亡くなった旦那とね、よく一緒に買い物に来たが、ここ」

「……優しい旦那さんだったんですね」

「違うが、自分で品物を選ばんと気がすまない人でね。なのに一人で行くのは嫌がって……すごく手のかかる人で、大変だったわ」

と千代は懐かしそうに笑った。

店前に千代に立ってもらい、結子はカメラのシャッターを切った。千代は照れることなく嬉しそうな顔でカメラのレンズを見つめてくる。千代がなぜこの場所を選んだのか、結子は撮影しながら、思いを巡らしてみた。買い物という毎日の暮らし、日常という言葉に埋もれてしまいがちな時間と場所が、千代にとってどれほど大切だったのか想像するだけで、結子は幸せな気持ちになれた。

次におもいで写眞に申し込みがあったのは、和子と一緒に団地カフェにいた、髪をベリーショートにした福田スミだった。37号棟に一人で暮らしている照れ屋の女性だ。彼女は顔まわりが露出する髪型なので、フェイスラインをすっきりさせるようなメイクを心がけようと、結子は考えながらラシーンでスミを迎えに行った。スミがおもいで写眞を撮る場所に選んだのは、地元のボーリング場だった。

ポリエステルのボールがピンに当たる軽快な音が響く中、スミは周りをゆっくり見回してから呟いた。

「何年ぶりかしら」

スミの背景にこのボーリング場をどう切り取ると良いか、なかなか難しいな、と結子は思った。どうしたらスミに喜んでもらえるか、アングルをいくつか考えてみて、三脚を立ててカメラを高い位置にセットすることを思いついた。俯瞰《ふかん》の角度でスミの背後にボーリングのレーンが写り込むようにすると、ボーリング場の賑やかさが伝わって来たので、この方法で撮ることに決めた。この場所は外から光の入らない室内だった。プロとして依頼されているのだ、失敗は許されないので、念のため、落ち着いて露出計で明かりを計算する。準備を終えて、リモートでシャッターが切れるレリーズを手にして構えてから結子はスミに言った。

「レンズ見てくださいね」

「はい」

返事をしたスミが少し緊張しているように思えたので、結子は軽く雑談のつもりで話しかけてみる。

「ボーリング場は誰と来られていたんですか?」

急にスミが目尻を下げ「内緒、ほほほ」と口を手で隠して笑った。

何か楽しかったことを思い出したに違いない、と結子は思った。

もう長いこと車椅子で暮らしている新山太一《にいやまたいち》、85歳と一緒に、かつて彼が働いていた消防署に結子は来ていた。太一が定年退職してからもう25年が経っていた。

久しぶりにここを訪れた太一は、懐かしそうに昔を思い起こしていた。高校を卒業するとすぐにここで消防の仕事に就いた。仕事を始めた頃は訓練が大変で苦しかった。あの頃得意だった駆け足は、今はもうできないけれど、消防の仕事は自分が一番胸を張れる誇りだった。

太一の希望を叶えるため、結子は消防署に頼んで消防服と消防ヘルメットを貸してもらい、太一に着てもらった。そして結子は太一の車椅子を押して梯子車の前に止めた。梯子車をバックにおもいで写眞を撮りたいと、太一が希望したからだ。

「カメラ見てくださいね、はいチーズ」

結子がシャッターを何枚か切っていると、今日、出勤していた消防士たちが4人、結子と太一に興味深げに声をかけて来た。

「これ、おもいで写眞ってやつですか」

「はい……そうですけど」

「やっぱり……噂で聞きましたよ」

結子はおもいで写眞が噂になって広がり始めていると知り、嬉しくなった。

「わたしらも入っていいですか」

消防士たちがおもいで写眞にとても好意的なので、結子は更に嬉しくなり、目を輝かせて太一に聞いた。

「太一さん、いいですか」

太一が無言で頷いた。

それを見て消防士たちが嬉しそうに素早く太一を囲む。

結子がカメラを構えると、消防士たちは急に精悍な顔つきになった。太一はそんな消防士たちに見守られて、胸を張って得意満面でこちらを見つめていた。


今井節子はあれこれ悩んだ後、思い切って、おもいで写眞のチラシに書いてあった役場の番号に電話をした。おもいで写眞の申し込みをしたのだ。口元の引きつりはやっぱり気になったけど、自分には大好きな場所があると自信を持って言えた。だから、そこで写真を撮ってもらいたかった。

撮影当日は、紺色の地に白い花柄のトップスにシルクのカーディガンを選んで身につけた。節子は結子を県立図書館の一番奥の書棚の方へ連れて行き、この辺りで撮りたいと言った。

大きな窓と通路を挟んで書棚が並んでいる。窓が開いていて、外から入る風がレースのカーテンをやさしく揺らしている。節子はレースのカーテンを背に本を読んでいた、かつての自分の姿を思い出した。

結子は、「押し売りは結構です」とすぐにドアを閉めた引きこもりの節子が、おもいで写眞を撮りたいと言ってくれたことが嬉しかった。節子が写真撮影をなるべく楽しめるよう頑張ろうと思って今日はここへやって来た。節子から病気の後遺症で、左の口元と頬に引きつりと軽い麻痺があることは聞いていたが、変に気にしない方がいいですよ、と結子は節子に伝えていた。今日はなるべく、節子の自然なままを撮影しようと思っていたが、節子のお化粧は寒色系を上手く使い、知的で凛として見えるよう心がけた。

「口紅塗るの、久しぶりなが」

そう言いながら、いつものハーフリムのメタルフレームメガネをかけた節子が、慌てた様子で書棚から適当に本を選び、身体の前に持つと、こちらに向かってポーズをとった。肩に力が入り、緊張しているようなので、リラックスしてもらいたくて結子は言った。

「一度、深呼吸してみましょうか」

大きく息を吸い、ゆっくりと息を吐いてから節子は身構えたが、まだ緊張は取れていないようだ。

「その本、お好きなんですか」

結子は節子が手に持つ、本のことを尋ねてみた。

節子は本を一瞥すると、自分が焦って本を適当に選んだことにやっと気が付き、そそっかしい自分に思わず吹き出してしまう。そして結子を見て、口元を引きつらせて大きく笑った。それは飾り気のない節子らしい、自然な笑顔だった。

結子はその瞬間を逃さずシャッターを切った。


翌日は撮影の予約はなかったので、結子はまたチラシを配ろうと思い、ラシーンで団地に向かった。おもいで写眞の撮影で送迎する時以外は、団地敷地内に車を止めてはいけないと一郎から言われていたので、団地の南側にある指定の駐車スペースに止めてから、歩いて団地を回った。結子が55号棟を回り、郵便受けにチラシを入れて、階段を駆け上がっていると、「すいません」と後ろから声をかけられる。

振り向いて見ると、そこにはふっくらした体型の素朴な感じの老女が躊躇い気味に、おもいで写眞のチラシを手に立っていた。

どことなく元気のないその老女は69歳の木村紀子《きむらのりこ》。彼女がおもいで写眞を撮る場所に選んだのは、団地のすぐ近くを流れる川にかかった、名前もない小さな橋のたもとだった。約束の時間に、紀子は普段着のまま現れた。結子はその服装に合うようになるべく自然に、そして健康的に明るく見えるように心がけメイクをした。

「綺麗にできましたよ」メイクをし終えて、結子は手鏡を紀子に渡した。

紀子は鏡を見て、元気を取り戻したかのように笑い、お礼を言ってくれた。

「でも本当にここでいいんですか？」

「ええ、ここが良いが」

「でも、ただの橋の前ですけど……」

紀子はコンクリートの柱を手でさすると、寄りかかった。そして橋から続く道の先、遠くの方を見つめて微笑むと、鼻から息をゆっくり吸い込み、何か嚙み締めるような顔になってから言った。

「デミグラスソースの匂いがするわ」

「デミグラスソース？　ですか」

「どこかで料理でもしとるがかしら……」

結子が匂いを確かめるため、自分の鼻を動かして嗅いでみるが、何も匂わない。嗅覚がおかしくなったのかと少し心配になり、戸惑っていると、紀子が申し訳なげに話し出す。

「ごめんなさい。実はね、随分昔なんだけど、この橋の前で月末になると、必ず息子と二人で待ったが……」

「待った？」

「月の終わりのお給料日にね、必ず主人が家族を美味しい洋食屋さんに連れて行ってくれたが……毎月その日が待ち遠しくて。あの頃は本当に楽しかった……その洋食屋さんのシチューは格別でね……」

紀子はとびきりの笑顔を見せる。

結子は気が付いた。紀子が嗅いでいたデミグラスソースの匂いは、そのシチューの匂いだったのだ。結子の嗅覚がおかしくなったのではなく、紀子は昔に嗅いだ匂いを思い出していたのだ。

紀子がはしゃいで指を差す。「ほら、この道の先、あの辺りから帰って来る主人が見えて……ワクワクしながら待ったんよ。息子の寛人《ひろと》もパパ！　パパ！　って大騒ぎして」

慈しむ顔で、夫がいつもそこから現れた、曲がり角を見る紀子。紀子の指差した方を見て、結子も思わずおだやかな気持ちになった。

ただの橋に見えても、ここでの思い出は、紀子にとってかけがえのない、格別に愛おしいものなんだな――と結子は思った。

団地で最初に声をかけてきた時と比べると、すっかり元気で晴れやかな様子になった紀子を、橋の柱が入るサイズで、結子は何枚も写真に撮った。

千代、スミ、節子、紀子と女性たちのおもいで写眞を撮る度に、結子の施したメイクを皆が喜んでくれた。自分のメイクの技術が思いがけず役に立って本当に嬉しかった。いつのまにか、この写真の仕事を始めて良かったと、結子は思うようになっていた。

その日も一郎の車を使って、結子は雪見町役場に向かった。おもいで写眞の撮影がない日は機材を車のトランクに置いたままにしていた。その代わりに小型軽量カメラPENを身につけることにしていた。万が一急ぎで撮影することになっても、とりあえず対応できるようにと考えたからだ。

結子は役場の休憩所のベンチに座って一郎が来るのを待っていたが、なかなか現れないので、持っていた求人ジャーナルを読み始めた。実は今、結子は何かアルバイトでもして、手っ取り早くお金を稼ぐ必要があった。おもいで写眞を始めるのにあたり、カメラやメイク道具など、準備に随分とお金を使ってしまっていた。老人たちのことを一所懸命に考え、おもいで写眞を少しでも良い形にしたいと夢中になっていたからだ。ただ、役場からもらえる報酬は思いのほか少なくて、正直、驚いた。使ったお金を返すためと生活のために、おもいで写眞をやりながらでも何か別の仕事をして稼がないとこの先まずいことになる、と結子は思っていた。ただ、おもいで写眞の仕事の時間帯のことを考えると、働く時間帯を選ぶのが難しい。求人ジャーナルのページをめくっても良いバイトは見つけにくく、困ってしまい、いつのまにか眉尻を落とした心配顔になっていた。

「ごめん、会議長引いちゃって」

一郎がやって来たので結子は求人ジャーナルを閉じ、PENを肩からかけた。一郎が目ざとく結子の持っていた求人ジャーナルを手に取り見る。

「あれ、バイト探しとんが」

「写真の仕事だけじゃ生活費がね」

おもいで写眞の仕事だけで生活させることができなくて、一郎は腑甲斐なく思い、申し訳なさそうな顔になった。結子は一郎にそんな顔をさせてしまったのが嫌で、求人ジャーナルを奪い返すと、一郎の肩を求人ジャーナルで乱暴に叩いてごまかし、立ち上がって廊下を先に歩き出した。

結子ってぶっきらぼうで勝気だな――と一郎は思った。それは一郎が昔から知っている結子の姿だった。写真の仕事を始める前、帰郷して暫くの間、結子の暗い顔ばかりが気になった。でも今は、結子が昔と変わらない態度に戻ってくれて、一郎は嬉しかった。

黒板には6月のおもいで写眞の撮影予定が書き出してあった。今月末まで既に28人ほどの予約が入っていた。チョークで細かく書かれた黒板が立て掛けられた、生活課の隅にある打ち合わせテーブルで、一郎と結子はおもいで写眞の打ち合わせを始めていた。

「身寄りがなかったり、親族と交流しとらん独居老人の申し込みが多いな。気になった人たちやから良かった」

「和子さんのおかげだよ。みんなに宣伝してくれて……」

「団地カフェの利用も増えたし、このまま口コミで広がってくれれば……結子はやって、何か困ったことやら、気付いたことやらないけ？」

「うーん、何でもない場所で撮ることが多いんだけど、皆の思い出の話を聞くと、その場所が……何だか……特別に見えてくる」

最初、一郎はこの答えが質問とずれていると思った。けれど結子の物の見方、感じ方は意外だけど、とても的を射ており、新鮮なことに気が付いて思わず感心してしまった。

チラシを沢山詰めた鞄と、カメラのＰＥＮを肩から下げた結子がしっかりした足取りで団地を回って行く。

最初に団地の各戸を回り始めた頃は、階段を上るのがしんどくてすぐに足が筋肉痛になってしまい、あまりにも辛いのでこの仕事をやめる誘惑にかられたが、今は階段の上りも少しは慣れてきた。午前中に500枚ほどチラシを郵便受けに投函し終えると、雑草で遊具が埋もれた公園に向かった。

遊具のカバに座り、結子は昼食を食べ始めた。今日買った菓子パンはチョココロネとシベリアだ。羊羹をカステラで挟んだシベリアの、ひんやりとした舌触りが結子は大好きで、ゆっくり味わった。実はシベリアは結子の祖母が好物だった菓子パンだ。

「そんなのばっかり食べとったら、身体によくないよ」

買い物帰りの和子が通りかかり、結子に声をかけて来た。和子は結子に近づき、買い物カゴからおもむろに林檎を取り出し、ひとつ差し出してくれる。結子はお礼を言って素直に受け取ると、遊具の隣にあるブランコに座るよう和子に勧めて、自分も和子の隣に座った。

「ブランコに座るのなんて久しぶり」と和子は楽しそうに言った。

結子は和子からもらった林檎を齧《かじ》ってみた。「美味しい……林檎なんて久しぶり」

「よかったら半分持って行かれ。私は一人だし、いつも食べきれんから」

「いえ、そんなつもりじゃ……」

「いいから」

結子が遠慮しても、和子は有無を言わさず袋の中の林檎を自分の分とわけて、ふたつを結子に差し出す。

「……ありがとうございます」

結子が観念して林檎を受け取ると、和子は公園をぐるりと囲んでいる団地棟を見回すように眺めた。

「団地もすっかり古くなったたちゃ……昔はこの公園もいつも子供たちで溢れとってね。うるさいぐらいだったがよ」

結子も和子がしたように、自分を囲んでいる団地棟を見回した。誰もいない、雑草だけが伸び放題の敷地の中で、和子が何だか普段より小さく見えて来て、やるせなく思った。耳をすましても、今は、住民たちの声や物音が聞こえて来ることはなかった。

「……和子さんは、いつから一人暮らしを？」

「夫が亡くなってから、もう20年やね」

「……寂しくないですか」

和子が軽く笑った。

「誰にも干渉されんくて、気楽でいいがよ……子供の厄介になんて、なりたくないが」

笑っていた和子の顔が急に、今までとは明らかに違う、少し怒っているような、真剣で重みがある表情に変わった。結子はそのことにとても驚いた。

その日の夕暮れ、団地内の道で結子は仕事を終えた美咲と偶然一緒になったので、自転車を押す美咲と一緒に歩くことにした。

日が落ちて暗くなると、本来なら団地のベランダ側の窓に部屋の明かりがいくつも灯り始める時間だ。けれど魚塚の団地は雨戸で閉じられていたり、カーテンで遮られた暗い窓が沢山並んでいるばかりだ。時々明かりが漏れる部屋もあるが、まるで老人の抜け落ちた歯並びを見ているようで、寂しさが増すばかりだった。

結子は美咲に昼間の公園での和子の話をどうしても聞いてもらいたかった。寂しくはない、気楽でいい、という和子の気持ちがどうしても信じられなくて、納得できなかったからだ。和子の言葉は、祖母が結子に言い続けた言葉とそっくり同じだった。

「和子さん、口ではそう言っても、本当は寂しいんじゃないかな……」結子の言葉に力がこもる。

「そうやね。寂しいがも本心やと思うけど。……でも厄介になんがは嫌やちゃ、言うがも、きっと本心ながいちゃ」

「……両方本心ってのはちょっと」

結子は美咲の返答がどうしても納得できなかった。だからまるで閉じた貝のように頑なに黙り込んだ。

結子は美咲と別れて家に帰り着くと、居間の仏壇の横の棚にしまってあった、厚い雲竜紙の綺麗な化粧箱を取り出した。

結子が東京で就職してから祖母は、季節が変わる度に東京で暮らす結子に宛てて手紙を送り続けてくれた。結子は送られた手紙を読み終えると、必ずこの化粧箱に大切にしまった。数ヶ月前、祖母の訃報を聞いて、東京のアパートから急いで飛び出る時、結子は必要な身の回り品と一緒に、自分でも訳が分からない内にこの化粧箱を旅行鞄に入れて持って来てしまったのだ。結子の祖母に対する感謝の気持ちを表せるのが、手紙を全部、大切に取っておいたことくらいしかなかったからだ。

結子はその化粧箱の蓋を開け、祖母から最後にもらった封書を取り出し、手紙を開いて読んだ。

「おばあちゃんは寂しくないがやから、結子ちゃんは自分の夢に向かって頑張られ」

結子は仏壇に飾ってある遺影写真、ぼやけた祖母、愛子の顔をやるせない顔で見つめて心の中で問いかけた。

「本当に寂しくなかったの？　おばあちゃん」

鰺《あじ》の漁獲量が1年で最も多く、トビウオが定置網にかかる季節になった。早朝4時、結子は自宅から自転車で15分くらい走ったところにある、富山湾に面した魚市場の漁協事務所を訪れた。市場で漁師や卸売人、買出人を助けるための、さまざまな雑務を受け持つスタッフのアルバイトを週3日することにしたのだ。ここに向かう途中、寒さと眠たさで身体が棒のように動かなくなり、このバイトを選んだことをひどく後悔したが、おもいで写眞の仕事をしながら働けるバイトは、早朝から朝の時間だけ働くことができる、このバイトしか見つからなかった。地方の田舎はどこも不況で、選り好みするほどの求人はないのが現実だ。

結子はだみ声が特徴の年配の所長に胴付長靴を渡され、履くよう言われた。ドウナガと呼ばれるそれは、胸元まである防水カッパと長靴が合体した作業服だ。結子が胴付長靴を履くのに四苦八苦していると、漁を終えた船が着岸する。

魚市場の横は船が着岸できるよう係船岸壁になっており、そこからすぐに市場内に水揚げした鰺や鯖、鰯《いわし》などが沢山入った籠《かご》が運ばれ、台の上でその籠を空け、魚が荒々しく載せられる。結子は漁師たちと一緒にこの魚の選別をするようにと、台の前へ案内された。

「これと一緒のやつ選べ」とだみ声の所長が、台から鰺を1匹つまんで見せる。

結子が逡巡しているうちに所長は急ぎ足でどこかへ消えてしまい、質問する隙を与えてくれなかった。所長は鰺だけを選んで取り出せと指示したのだが、結子は言われた意図が分からず、魚を選ぶのに迷ってしまい、作業が全く進まない。おまけに急にまた睡魔が襲って来て、大欠伸をしてしまう。

「早くしろ」と隣で選別していたおじさんに、急に大声で言われて結子は驚いた。

とりあえず作業を続けようと思い、とにかく所長が見せたのと似ていると思った魚を選んだ。結子はめげなかった。仕事で怒られることなんて慣れている。そんなことより、今は確実にお金を稼がなければいけない。結子は気持ちを奮い立たせた。

魚の選別をする仲間には、沢山のインドネシア人が参加していた。結子と同じ胴付長靴を履いた彼らは技能実習生で日本に来ており、私語もなく真面目に黙々と働いている。結子は素朴で真面目な彼らに、恥ずかしいところは見せられないと思い、作業の手を速めた。


魚市場の仕事が終わると、結子は急いで自転車を漕いで自宅に戻った。ここ最近でおもいで写眞を撮られた人たち、数人のプリントを、額縁に入れて進呈できるように準備をしてから団地カフェに向かった。今日はおもいで写眞を申し込んだ老人に、初めて出来上がりを見せるのだ。その道中も、結子は緊張のせいか口の中が渇き、ひどく落ち着かなかった。

団地カフェには一郎と山岸和子はもちろん、髪がベリーショートの福田スミ、引きこもりだったハーフリムメガネの今井節子ら、沢山の老人たちが待っていた。結子はまず節子に進呈用の白い箱を手渡した。節子が急いで箱の蓋を開けると、額縁に入ったおもいで写眞が顔を出した。

節子の写真は、図書館の書棚に手を添えて立つウエストショットだった。節子の口元は大きく曲がっているが、佇まいは上品で、澄み切った眼差しをしていた。

節子は自分の写真を見ると、少女のように目を輝かせて、写真を自分の顔の横に並べると、和子たち周りの皆に見せて声を弾ませて言った。

「見て」

「うわー素敵やね」和子とスミが写真を見て、目を見張って微笑む。

節子が飛び上がるほど嬉しそうなので、結子は張り詰めていた緊張が少し解けて息をついた。

次に結子が手渡した福田スミは、蓋を小さく開けて自分のおもいで写眞をこっそり見てから、照れ臭そうに和子に見せた。スミの写真は賑やかなボーリング場のレーンを背景に、まるで今からボールを投げるかのように、オレンジ色のボールの穴に指を入れ、胸の前でかまえている、軽快で楽しげな姿だった。

「かわいい」と和子が思ったままに素直に言ってくれる。

スミは恥ずかしそうだったが、とても満足げなので、結子は少し安心した。

同じテーブルを囲んでいた老女たち、細面の千恵子と丸顔の朋子も自分のおもいで写眞を見せ合い騒ぎ出した。その様子はまるで女子高生のように見え、結子には微笑ましく思えて、つい彼女たちの話の続きを聞きたくなった。けれど隣のテーブルで、写真を渡してもらえるのを待つ老人たちがいるのを思い出し、慌てて次の白い箱を手に取った。

「お待たせしました……」結子は頭をさげた。「はい太一さん」

車椅子の太一は結子におもいで写眞を渡され、手に取ろうとするが、もたついてしまう。すかさず隣に寄り添うヘルパーさんが手伝ってくれ、蓋を開けて写真を見ることができた。梯子車の前で、若い消防士に囲まれた写真を見た太一は、誇らしそうでとても満足げに見えた。

結子は続いて北村雄二におもいで写眞を渡した。北村は、結子が前に訪ねた際、ゴミ屋敷のようになってしまった部屋で昼間から酒を飲み、あらぬ方向を見たまま人形のように座っていた老人だ。北村は、遠足に行った小学生が待ちに待ったお昼の弁当を開けるように目を輝かせて、渡された白い箱の蓋を開けた。そこに写っていたのは理容院の前で、赤白青の縞模様が回転するサインポールの横に立ち、ケーシー白衣を着てハサミと櫛を手にして威張ったような顔をした北村だった。

「うーん」と北村が感心して唸った後、心躍らせた様子で言った。

「東京の孫にも送るんで、もう1枚頼むちゃ」

結子は笑顔で依頼を快諾した。

その様子を見た、北村のはす向かいに座っていた森八重《もりやえ》が、せわしなく結子に話しかけて来る。

「死んでもね、葬式はしたくないがいちゃ。遺影はいらんがやけど、そのおもいで写眞が欲しいが……それでもいいけ？」

「大丈夫ですよ」結子は優しく微笑んだ。

写真の出来上がりを見せた老人たちが皆満足してくれたようで、結子はやっと心から安堵できた。おまけに八重のように他の人の写真を見て、依頼をしてくれるのは願ってもないことだった。お互いの写真を見せ合い、楽しそうに話す老人たちを見ているうちに、何とか責任を果たせた実感が湧いて来た。そして老人たちのために、少しは役立てたのではないかと思えて嬉しかった。

一郎は写真を配り終えた結子を、少し離れて見守っていた。田舎に帰って来て、写真の仕事を始めた頃は、結子は苦い薬でも飲んだような顔つきをよくしていたが、今は随分と爽やかな表情になったように思えて、一郎はそれが自分のことのように嬉しかった。

団地カフェからの帰り、団地内にある給水塔の脇の道を、結子と一郎は一緒に並んで歩いた。一郎が感心して言った。

「驚いたちゃ、節子さん家からほとんど出ん人やったがに、あんなに嬉しそうに皆としゃべって……お前のおかげやな、ありがとな」

「私なんか別に……」

結子は、自分はまだ大したことはできていない、と思っていた。その時、騒がしい声が聞こえて来たので、結子と一郎は声の方を見た。

68号棟の真ん中の階段の入口前に救急車が止まっており、人だかりができているのが見える。結子と一郎が驚いて、急いでそこに駆けつけると、階段の奥から年を取った男性らしき住人が救急隊員に担架で運ばれて来る。人だかりの中に偶然、グレイヘアの南雲千代がいたので一郎は急いで声をかけた。

千代が動揺して言った。「3階4の人、風呂場で倒れたみたい。隣の人もすぐには気付かんかったみたいで……」

「3階4の人って、人、住んどったんだ……」

結子は部屋の番号を聞いてショックで、すっかり落ち込んでしまった。その部屋を何度か訪ねていたからだ。毎回返事がないので、住んでいないと思い、そのうち声をかけなくなってしまったのだ。もう何度か声をかけていたら、住んでいるのが分かったかも、こんなことにならずにすんだかも、と思ったからだ。

結子は3階4号室の人が救急車で運ばれたのを見送った後、予定通り、約束していた70歳の定井《さだい》倫代《みちよ》のおもいで写眞の撮影に向かった。倫代はレコードショップの店内、CDがずらりと並んだ棚の前で、おもいで写眞を撮って欲しいと言った。結子は倫代が満足いくような写真を撮ろうと心がけたが、撮影中も救急車で運ばれた3階4号室の名前すら分からない人のことが、脳裏から離れなかった。

日が暮れた頃、結子と一郎は、駅前の屋根付きアーケード商店街を歩いていた。左右に連なる店はシャッターが降りているものばかりで、昔のような賑わいはない。高い天井で灯る照明が、誰も歩いていない象牙色の道を冷たく照らし出していて、二人が歩く後を寂しさがひたひたと追いかけて来るかのようだった。結子は、今日ずっと引っかかっている、後味の悪い、自分を責める気持ちを一郎に話した。

「3階4の人、何度か訪ねたけど、返事ないからおらんと思って、声かけんくなった……」

結子が住人に気付けなかったのを、悔やんでいるのが分かって、一郎は言った。

「俺は団地の人たちと付き合い長いから、いちいち落ち込まんくなったけど……団地の人をまとめとる民生委員の人やって、団地の人を全部は把握しきれんがいちゃ。干渉されたぁないって、名前も分からん部屋の人も結構おるから……孤独死も正直、珍しくない」

その言葉で、結子は一人で亡くなった祖母を思い出してしまい、急に胸の奥が痛くなった。

「役場でも問題になって、俺もこの団地の担当になってから、一人暮らしの老人のために団地カフェ作ったり、色々努力したがぃけど、さっぱりで」

和子たちが集まるようになった団地カフェは、一郎が考えて作ったものだった。今それを結子は初めて知って驚いた。一郎が人のために尽くして働いて来たのを知って、高校時代からは想像できないほど、立派な大人に成長したんだな、と感心した。それに比べ、祖母を一人ぼっちにしたのに、何もできなかった自分が情けなくて、心が暗く沈んだ。

「でも……ただ場所を作るだけでちゃダメながやな。もっと住んどる人たちとちゃんと向き合わんと。お前見とって、教えられたちゃ」

褒めてくれるのは有難かったが、結子は沈んだ気持ちのままだった。でも、憂鬱な顔を見せたくなくて、わざとぞんざいな態度を装って言った。

「昔と違って随分大人なこと、言うようになったんですね」

「失礼やな、当然やろ」

一郎は普通なら照れ臭くて言いづらい本心も、やっぱり結子には話しやすいな、と改めて思った。

今夜、一郎は結子を連れてある目的地に向かっていた。アーケードと交差する通りを曲がるよう案内すると、明かりが少なくなり、更に寂れた道になった。向かう先は更にその奥にある。

一郎が急に立ち止まり「ここ」と、前方に見える古びた呑み屋を指差した。呑み屋の外には簡易的にビニールの屋根でつくられた立ち飲みのスペースがあり、ブルーカラーの中年男性たちがジョッキを片手に談笑していた。

「行こう」と一郎はわき目もふらず早足で店の中に入ってしまった。

期待していたのとは全く違う、真逆のイメージの店に連れて来られて、結子はひどく落胆した。しばらく躊躇っていたが、しぶしぶ店の中に入ることにした。

店内は外にいたブルーカラーの中年男性たちと同じような客や老人で、席がある程度は埋まっていた。

「奥とっとるよ」店の大将が一郎に言った。

一郎が大将と挨拶をかわし、教えてもらった奥の席に向かった。一郎は小さな間仕切りの中に結子を案内してくれた。

とりあえず頼んだ1杯目のビールを前に、結子は不満げに溜息を吐いた。

「超いい店で奢ってやるって言うから、期待しとったんに」

「なんけ？　こん店すげー料理美味いがいぜ。全部地元産の食材使っとってさ。結子、ほら」

一郎がビールグラスを手に取り、乾杯しようと催促して来るので、結子はしぶしぶグラスを合わせた。

「うぃーこれサービスね」と店の大将がやって来る。

「ありがとうございます」

雪見町山岳愛好会と胸元に書かれたTシャツを着た大将が、二人の前にサービスのつまみを出してくれる。親しげに礼を言う一郎。結子が黙って軽く頭を下げると、大将が結子の顔をじっくりと見つめてから言った。

「お嬢さん、こいつはね、うちら地元のホープやから。頼んちゃ」と頭を下げる。

「嫌ちゃ、大将。気持ち悪いこと言わんでくたはれま」

「おぉ、そうそう、来月の立山、誠治《せいじ》さんがお前に最後尾まかせたいがやって」

「まだ、早いちゃ」

「あぁ、もう、だらんこと言うな、やってみられよ。楽しいぞ」

一郎と大将が結子には分からない山登りの内輪話を始めたので、結子は興味なく一人でビールを飲み始めた。

「食べられま、さぁ」

一郎が大将からのサービスの料理を結子に食べるよう勧める。気が付くと大将の姿はなかった。蛍烏賊の沖漬け、甘海老の塩辛、蛍烏賊の黒作りがそれぞれ３つの小鉢に入っている。

「ほれ、黒作り」

結子は一郎が指差した黒作りを一口食べてみた。それはイカの塩辛にイカ墨を混ぜ合わせた郷土料理で、実は今まで食べたことがなかったのでその美味さに驚いた。ぷりぷりした食感で濃厚なコクがあり、まろやかな味わいが口に広がる。

一郎が「イーッ」と「イ」の形に口を引き伸ばして、嬉しそうに言う。「イーッしてみて」

言われたまま、口を「イ」の形にして「イーッ」と引き伸ばしてみた。結子の白い歯はイカ墨でまっ黒だった。

「汚ねぇ！」一郎が大喜びでからかう。

口の中が黒くなったことに気が付いた結子は、一郎を手で叩く素振りをして言った。

「うるさい！」

テーブルの上にはすでに、日本酒の徳利が2本空いていたが、結子はまだ飲み続けていた。お酒のせいで頬はいい具合に火照っていた。

「……一郎ってほんと昔から地元大好きだよね」

「そうけ？」

「そうだよ。高校の時だって普段は目立たんがに、祭りの時になると急に張り切って、みんなまとめてさ」

「それは、確かに……」一郎は思い出し、頷いた。

「偉いよ。大好きな地元で、頑張り続けて……」

3本目の徳利から一郎の盃に酒を注いで結子は言った。自分も一郎みたいにこの町に残って暮らしていたら――と、このところ結子の心の中に度々浮かんできては消える、選ばなかった選択肢が、むくりとその顔を出した。

一郎は意外なことに、珍しく複雑な顔になると、もどかしそうに辛うじて言った。

「……そんな単純じゃないちゃ。俺やって……」

結子は酒を飲みながらも、一郎のやるせない様子を見逃さなかった。私の知らない間、きっと一郎も、こっちの地元で悩んだり苦しんだりしたのだろうと、思いやる気持ちになった。

一郎は、結子と同じ雪見高校を卒業すると、希望通り、地元の大学の芸術学部デザイン学科に合格した。入学から卒業までの4年間、一郎はしっかりとデザインを学んだのだ。就職の際、東京などの都会に出れば商業デザインや広告デザインなど、就職先の選択肢はいくつかあった。けれど大学4年になった時に、たった一人の肉親、大切な母が病気で倒れ、在宅介護になった。一郎は母が心配で、何かあればすぐに駆けつけられる、地元での就職先を選び、雪見町役場で働くことにしたのだった。ただ、そんな大切だった母も2年前に亡くなっていた。

一郎はふと我に返り、苦笑でごまかし、話題を変えた。

「結子は？　東京、大変やったがや」

「……そんな話、聞きたいが」

「うん」

「……専門学校で頑張って、やっと夢だったヘアメイクの仕事に就職できたから、努力だけは誰にも負けないくらいしたん。だから技術は、自信あったんだけど……」

結子は酔っていたせいもあったし、一郎のやり切れない、寂しげな顔を珍しく見てしまったことも影響して、普通なら話さないことを、いつの間にか話していた。でもそれは、本当は一郎に聞いてもらいたかった話だった。結子はつい話し出してしまってから、初めてそれに気付いた。結子は盃を重ねる内に、徐々に饒舌になって行った。

「何故か『この仕事向いてない』って言われてクビ。悔しくて、メイクの技術が活かせる仕事に色々挑戦したけど。でも化粧品の美容部員をクビになったんが最後」

一郎は心配げに頷いてから、結子をじっと見つめて話を聞いた。

「自分の何がいけんかったか分からんくて……気が付いたら29歳。残ったんは挫折感だけ。おばあちゃんを一人故郷に残してまで、自分は何やっとったんだろうって……」

「……でも頑張ったがやろ。そんなに自分、責められんな。ほら」

結子は話している内に、弱音を吐いてしまった自分がひどく嫌になった。一郎に今の自分の顔を見せられなくなり、思い詰めたように沈んだ目をして俯いた。二人の間には会話をしづらい空気が出来上がってしまう。

「……やっぱ帰る」

結子は自分が恥ずかしくなり、思わず座敷から立ち上がってしまった。後は逃げるようにこの店から出て行くだけだった。

一郎は結子の苛立ちを理解したかったし、助けになれたらと思っていたので、何か言おうとしたが、上手い言葉が見つからず、弱々しい溜息になっただけだった。一人、この場に残るしか術がなかった。はがゆさだけが心にしみて、どこまでも広がって行くようだった。

翌日、結子は二日酔いで頭が痛いのをこらえ、魚塚の団地を回った。チラシはすでに団地の全ての家に、何度も郵便受けに入れていたので、今日からは各家々に直接声をかけて訪ねてみることにした。

66号棟3階1号室。錆びた鉄製の青いドアの横の表札に名前はなく、これまで訪ねてチャイムを押しても、チラシを入れても、一度も反応がなかった家だ。同じように反応がないまま、救急車で運ばれた昨日の68号棟の老人のことが結子の頭に浮かんだ。結子は粘り強く訪ねようと思った。

結子がドアチャイムを押すが、返事はない。少ししてもう一度、チャイムを押して待ってみた。暫くすると青い鉄製のドアの向こう、玄関に人が近づく気配が感じられた。続いてドアスコープ越しに、中の人から見られているような感覚を結子は覚えた。居心地が悪く感じたけれど我慢して立っていると、ドアが少し開く。ドアチェーン越しに、ウェリントン型メガネを掛けた気難しそうな感じの老人が顔を出す。

結子は焦りながら急いで話しかける。

「あ、あの、役場の仕事で、おもいで写眞っていうのを撮っとるんですけど……」

話の途中で老人は顔をしかめた。怒ってしまったのか、黙ったまま強くドアを閉めてしまう。結子はなす術がなく、棒立ちになるしかなかった。

この66号棟3階1号室に住む、一言も話さない老人が一体どんな人なのか、結子は気になり、一郎なら知っているかもと思い、雪見町役場に出かけた。

結子が休憩所で待っていると、一郎がやって来て、役場の冷蔵ショーケースから紙パックジュースをふたつ取り出し、備え付け貯金箱に200円を入れながら結子の質問を聞いてくれた。雪見町役場には自己申告セルフサービスの飲み物が置いてあるのだ。一郎は買ったジュースのひとつを結子の前の机に置いてから答えてくれる。

「66号棟の森谷《もりや》さんけ。あん人は難しいんやないかな」

「知ってるの？」

「あん人、聾唖《ろうあ》ながいちゃ。それにちょっと気難しくて……」

森谷裕也《ゆうや》、68歳は耳が聞こえず、言葉が話せない聾唖者だった。

「もう、先に教えてよ、失礼なことしちゃったじゃない」結子は鞄を持って立ち上がろうとした。

「え、もう帰るが」

「用、済んだから」

言い捨てて、結子は出て行ってしまう。

一郎は机に残されたジュースと自分の手にあるジュースを見比べてから、ふと溜息を吐いた。結子が一所懸命なのは良いことなのだが、先日、呑み屋で話して以来、よそよそしく、とげとげしいというか、何故だか二人の関係が上手く行っていないようで、それを解決する方法も思いつかず、もどかしく感じていた。

その後、一郎は自分の机に戻って仕事を始めたが、手につかなかった。暫くして美咲が急ぎ足で一郎の所にやって来ると、話しかけて来た。

「今、いいけ？」

一郎が頷いて美咲の方を見ると、すぐ間近まで美咲は近づき小声で言った。

「東京の三上《みかみ》さん、星野くんの履歴書送って欲しいって」

「え……あ」

一郎は東京の三上の件をすっかり忘れていたことに驚いた。というよりむしろ、忘れてしまっていた自分にもっと驚いていた。

「はい。分かりました」と、一郎は落ち着いた態度を装って何とかごまかした。

「宜しくね」とだけ言い残し、美咲はすぐに立ち去ってしまった。


一郎は役場での仕事を終え、帰宅するとパソコンに向かった。机の上には東京の渋《しぶ》谷《や》区恵比寿《えびす》にある株式会社デザインONという会社の社長で、デザイナーの三上諒二《りょうじ》という人物の名刺が置いてあった。もう随分と長い時間、キーボードを叩いていた。

パソコンの画面には一郎の履歴書があり、学歴や職歴、資格などほとんどの項目が埋められていたが、鼻を膨らませ、憮然とした顔になると一郎は大きく溜息を吐いた。

「大学で学んだデザインの知識を活かしたいと思い志望致しました」

と書いた志望動機を見ている内に作業の手が止まってしまった。自分の本心ではないと自己嫌悪に陥ったからだ。嫌な気持ちを消し去りたくて、その文章の終わりにカーソルを置き、バックスペースキーで志望動機欄に書いた文字を消して行った。

気分を変えたくなった一郎は、なんとはなしに机の上にあるフォトアルバムを手に取った。表紙を開けると中には、おもいで写眞で撮影したのと同じ写真が2Lサイズの大きさで保存してあった。

修繕工房で色とりどりの修繕糸に囲まれた山岸和子。買い物カゴや来店客の自転車が写り込んだ、小さなスーパーマーケットの店前で、首を傾げて微笑むグレイヘアの南雲千代。50年続けている精肉店の前で、使い込まれた帽子を被って、普段通りに佇む嶋林《しまばやし》。昔働いていた日本茶専門店で、久しぶりに茶葉の混ぜ合わせ作業をする、細面の千恵子。今も時々働く美容室で、ドライヤーを片手に微笑む、丸顔の朋子。週末になると必ず参加した草野球のチームユニフォームを着て、得意の盗塁をなんども狙った一塁ベース脇で、微笑む池永《いけなが》——。

写真に写った人はみんな魅力に溢れていて、ページをめくるにつれ、一郎の顔はいつのまにかほころんで行った。

翌日、結子は団地内の道を66号棟に向かって歩いていた。購入したばかりで真新しいが、桃色、黄色、水色の付箋が沢山貼られた本を手に、読みながら、そして読んだ内容を繰り返し呟きながら、手を使ってジェスチャーをしながら歩いて行く。

「写真を撮る？……写真を撮る、撮りませんか？　しま、しません？」

納得いかない感じで、結子は思わず立ち止まると、持っていた本を足元に置き、両手を動かし始める。足元に置かれた本には「やさしい手話」とタイトルが書かれていた。

「撮りませんか？　しませんか？」

まだしっくり来ず、繰り返していると誰かの声がする。

「おい！　手話の練習け？」

杖をつき、白髪をオールバックにした老年の男が、結子が向かっていた方角にある駐車場の先、少し離れたところから結子に声をかけたのだ。

「はい」と返事はしたものの、結子は戸惑ってしまう。

「俺の女房も、手話、やっとったからさ」と、老人は微笑んで、杖をついて歩いて行く。

「あ、チラシ……」と思い出した結子は、慌てて鞄の中のチラシを探す。見つけるのに手間取ってしまい、チラシを出した時には、老人の姿は目の前からいなくなっていた。

66号棟3階1号室、錆びた鉄製の青いドアの前に結子は来ると、手話の本を開いたまま、チャイムを押した。前に来た時と同じように、ドアの向こう側から足音がかすかに聞こえ、玄関に人が近づく気配がする。

ドアスコープの向こう側に森谷が立っているように感じられたので、結子はドアスコープに向かい、にわか仕込みの手話で会話しようと試みた。けれど、いきなり最初で間違えてしまい、焦るがもう一度やり直す。

「あの……わ……あ、違う……私、役場、役場から来ました」

するとドアが開いた。ドアチェーンをしたままだが、森谷が疑り深そうに顔を覗かせたので、結子は急いで手話を続けた。

「あの……思い出の、場所の、写真……」

森谷は反応なく、ドアを閉めようとするので、結子は慌てて手話をした。

「あ、待って待って……待って」

無情にもドアは閉まってしまい、結子はすっかり落ち込んだ。

次の瞬間、急にドアが開き、再び森谷が顔を出した。さっきはドアチェーンを外すためにドアを閉めたのだった。森谷は手に何か持っていたので、よく見るとそれはチラシだ。森谷がおもいで写眞のチラシを結子の方に差し出して見せる。

「そう！　それ」と嬉しそうに言いながら、結子は手話でも森谷に伝えた。

そんな結子を少しは好意的に感じてくれたのか、森谷が苦笑いをして見つめて来る。

「あなたの、思い出の場所は、どこですか」手話で一所懸命伝える結子。

森谷は黙ったままで、その表情からは森谷の考えまでは分からなかった。


森谷が結子にしてくれる手話は、付け焼き刃の勉強しかしていない結子には、難しくて上手く理解できなかった。それでも見ながらとにかく思考を巡らしていると、どうやら森谷はすぐにどこかに行きたい様子だったので、結子はとりあえず、団地南側のいつもの駐車場に止めたラシーンを取りに行くことにした。車で結子が森谷の住む66号棟に戻って来ると、既に棟の前で、家から降りて来た森谷が待っていた。慌てて車から結子が降りると、森谷は紙に書いたメモを渡してくれる。

「おもいで写眞を撮りたい場所　関町八幡《せきやはた》3丁目」とメモに書いてある。

結子はやっとほっとした顔になり言った。「分かりました、行きましょう。どうぞ」

結子が覚えたてで怪しい手話を交え、ラシーンの後部座席のドアを開けると、森谷は素直に車に乗り込んでくれた。結子は関町八幡3丁目に向けてラシーンを発進させた。


靴の修理店で目を輝かせ、工具を手にする森谷の写真。そして、靴を修理する嬉しそうな森谷の写真。森谷の希望通りにさまざまなパターンの撮影を結子はしてみた。その中から森谷は一枚のおもいで写眞を選んだ。それは削ったり磨いたりして靴底周りに加工をする専用機械であるフィニッシャーの横で、森谷が作業用のデニムのエプロンを着て佇む写真だった。

結子はその写真を持って雪見町役場の生活課に行き、一郎に渡した。

「良いわぁこれ……すごいな、お前……」と、一郎はとても感心してくれる。

気分が良くなった結子は「大げさだよ」と、言いながら手話もしてみせた。

「え、なんけ、手話も覚えたが」

「ちょっとだけ」

「すごいちゃ、ほんま尊敬する、ありがとな」

「え」

「気になっとったがよ森谷さん、俺も少し手話で話しかけたりしたがやけど」

一郎も「少し」のところだけ手話を使い、話しかけた結果は駄目だったと目顔で伝えた。

結子は少し驚いて一郎を見つめた。

一郎は写真をもう一度見て、心から安心したように呟いた。「森谷さん、こんな顔するがいな」

一郎が老人たちのことを心配していたのが、役場の仕事上のことだけではなく、どれほど本気だったのか、一郎の様子から、結子は今更ながら痛切に感じとった。


雪見町は梅雨に入ると、ねっとりと湿った空気が肌にまとわり付くような雨の日が続くようになる。それでも結子は、時折降ってくれる、町の音を消してしまうくらい強くて、白い色をした雨が好きだった。雨音を聞きながら大きな雨粒を見ていると、心につかえていた苦い澱《おり》のようなものを洗い流してくれるように思えたからだ。

その日は夕方前に雨が止み、久しぶりに爽やかな風を感じながら、結子は約束の場所に向かった。雪見町役場の職員たち行きつけの居酒屋で、宴会が催されたのだ。生活課の六渡課長や一郎の同僚、美咲たちだけでなく、和子、千代、節子、スミ、おもいで写眞を撮った老人たちが居酒屋の大広間の座敷に沢山集まっていた。一郎がグラスに入ったビールを手に乾杯の音頭を取った。

「えー、おもいで写眞の数が50人を超えました。これを祝して乾杯したいと思います、乾杯！」

結子、美咲、老人たち、皆が一斉に乾杯し、拍手の後、おのおの歓談が始まる。皆、大変楽しげだ。

一郎は役場の上司、六渡課長のもとに行き、空になったコップにビールをお酌してお礼を言った。

「おもいで写眞の企画の件、後押しして頂いて、本当にありがとうございました」

近くにいた千代も「ほんと、いい企画でした。皆さん喜んどられますよ」と感謝を伝えたので、六渡課長は満足げにビールを飲むと、大きなお腹を揺らして笑い、ご機嫌だ。

「どんだけ上手く行くか分からんかったけど、思い切って星野くんにまかせてみたちゃ。おわが予算持って来るが、随分骨が折れて苦労したがいぜ」

六渡がすぐにビールを飲み干し、急に饒舌に話し出したので、一郎は急いで空いたグラスにビールをお酌した。

テーブルごとに皆が盛り上がっている中、結子は一人で淡々とビールを飲んでいた。

その様子が目に入り、不思議に思った和子は、結子の隣にやって来る。

「どうして喜ばんが？……もっと胸張りなさい」

「人数目的で撮っとる訳でもないですし」

「でもあんたのおばあちゃんは、誇りに思っとるよ」

突然、祖母のことを言われて結子は驚いた。

「一郎くんから聞いたよ。あんた、亡くなったおばあちゃんのことで後悔しとるって」

「あのお節介」と結子は思わず憎たらしそうに呟く。

「あんた東京に出て、夢叶わなくて申し訳ないって思っとるかもしれんけど……おばあちゃんは、あんたが東京へ出て、成功することだけを望んどったと思っとんが？」

「えっ……？」

和子が、結子の両手を取って左右を合わせると、自分の両手で包み込んでくれたので、結子は驚いて和子の顔を見た。それは、幼い頃に泣いている結子の手を祖母が包んでくれたのと、まるで同じやり様だったからだ。

「そうじゃないよ。おばあちゃんはあんたが好きなことに挑戦して欲しかったが。成功することより挑戦することの方がずーっと大切なん。写真の仕事が好きになったんなら、写真で色々と挑戦してみればいいが」

結子はまるで祖母に言われたような気がしてならなかった。和子に元気付けられ、結子の心は砂漠に水が染み込むように潤いが戻って行くようだった。

宴会をしている大広間を出た右側の廊下で、結子はしゃがんで一郎を待っていた。その廊下の奥はお手洗いで、暫くすると用を足した一郎が出て来る。結子はすかさず一郎を捕まえ、膨れっ面で嚙み付くように言った。

「おい、お節介男、酔って話したことまで和子さんにしゃべらんでよ」

結子は一郎の足を強く踏んだ。

「痛いちゃ、そう言うなち……痛いちゃ、やめま」

結子がもう一度足を踏むので、一郎は結子を手で押して離し、大広間の通路へ逃げた。けれど結子は悪戯な笑みを浮かべてしつこく一郎を追い、再び足を踏んだ。一郎は堪えきれず、足を踏み返して応戦することにした。いつのまにか二人は笑い顔になり、子供の頃のようにふざけ合って足踏みを続けた。結子と一郎がここのところお互いに感じていた、よそよそしく、とげとげしい空気が、一度にほぐれて消えたようで、二人は嬉しかった。

「結子ちゃん！　お行儀が悪い、二人とも座りなさい」

結子が声の方を見ると、和子がまるで生徒を諭す学校の先生のような顔で、仁王立ちしていた。

「はい」と結子は素直に従い、座敷の席の方に歩き出した。

「意外に素直なんやな」と、一郎も結子の後に続いた。

結子はそんな一郎に向かって顔をしかめた。「うるさい」

宴会の参加者は元の席から自由に移動していて、色々な固まりで談笑していたので、結子は空いていた和子の向かいの席に座った。一郎も付いて来て結子の隣に座って言った。

「こないだ、ちょっと悩んどる時、お前のおもいで写眞を見とったら、なんや元気が出たがよ」

「分かる。私も疲れとっても写真のじいちゃんばあちゃんの笑顔見て、やる気出たりするもん」

「うん。やからさ、おもいで写眞が100人撮れたら、団地カフェで写真展を開いてみたらどうやろ」

「写真展？」

和子が会話に入って来て、結子を応援するように言った。

「皆に、私たちの笑顔を見てもらうがよ、ね」

「うん。いいね」と和子の隣に座った千代も賛同してくれた。

「100人のお年寄りを笑顔にする、ミッション！」一郎が活気づけるように言った。

けれど結子は深刻な顔になり、口をつぐんでしまう。

意外に思い一郎が尋ねた。「気に入らんが？」

「いや、それができたらさ、許してくれるかな」と結子が気弱な顔になった。

一郎が心配げに結子を見た。「ん？」

結子は首を横に振ってから不安そうに一郎を見つめた。

「ううん。少しは喜んで、くれるかな。……おばあちゃん」

「もちろん！」と一郎は答えようとしたが、一郎より早く和子が結子に声をかける。

「絶対喜ぶちゃ、あんたのおばあちゃん！　私が保証する」

そう言われて結子は心が楽になって行くのを感じた。自然に顔がほころび、和子に微笑むことができた。

一郎は重い荷物でも降ろしたかのような、安らいだ顔の結子が見られて、たまらなく嬉しかった。


おとさら寫眞館。

結子の家の入口、玄関のドアガラスには、昭和の味わいがあるレトロなフォントでこう書かれていた。

木造2階建て、外壁は白いモルタルに小豆色のタイルで装飾された、古い店舗付き住宅が結子の実家だ。店舗の正面出入口に向かって右側に、しばらく閉じられたままだった2畳分ぐらいの大きなショーウインドーがある。正面のガラスははめ殺しで、ウインドーの中に飾るものは内側から出し入れする構造になっている。昔はお客さんを撮影した写真を額装して、このウインドーの中に飾ったのだ。

その日の夜、結子は久しぶりにショーウインドーを隠していた雨戸をはずし、ウインドーの飾り棚に、結子の撮ったおもいで写眞を飾ることにした。ショーウインドーのおもいで写眞を見て、たまたま通りかかった人が写真に興味を持ってくれたら、撮影を申し込んでくれたら、と思ったからだ。

図書館の節子、スーパーの千代、理容院の北村、消防署の太一、ボーリング場のスミの写真を丁寧に並べて飾り、最後に服の修繕工房で微笑む、山岸和子の写真をゆっくりと棚に置いた。

結子は家の外に出ると、すこし離れてショーウインドーに並んだ写真全体を眺めてみた。

「よし」と小さく呟き、結子は覚悟を決めた。

おもいで写眞を100人撮って、写真展を開くことを。

第3章　嘘

夏が近づいていた。けれど夜明け前の海沿いの道はまだ肌寒かった。魚市場のバイトに自転車を漕いで向かう結子は、防寒をかねて防水の上着を羽織ってから家を出た。朝5時過ぎ、市場では振鈴の合図で、陸揚げされた魚が入ったトロ箱の前に買い手の人だかりができて、活気よくセリが始まる。セリのために使ったトロ箱を片付けるため、いくつも重ねて台に載せ、押して運ぶのも結子の仕事だ。思ったより力の必要な仕事で、広い市場の中を何度も往復しなくてはならない。鼻の横を伝う汗が口に入り、しょっぱく感じたが、結子は歯を食いしばってトロ箱の山を押し続けた。やるべき目標が決まった今、生活のために両立しないといけない、しんどい仕事も、結子は苦しいと思わなくなった。

けれどこのところ、おもいで写眞の申し込みが何故かない。

雪見町役場の仕事が始まる朝一番。生活課にあるいつもの打ち合わせテーブルに座り、結子は魚のように口をとがらせて、不満げに一郎を待った。目の前の予定表の黒板には、7月1日に路面電車の万葉線《まんよう》の前で撮影した高橋《たかはし》さんを最後に、空白がずっと続いている。「おもいで写眞　目指せ100人」と桃色のチョークで書かれた文字が寂しく、そして虚しく思えた。

やっと仕事の電話を終えた一郎が結子の前にやって来る。

「ごめん、ごめん」

思わず立ち上がって、結子が食ってかかるように言った。

「写真の依頼どうしてないが？　もう1週間だよ」

一郎はちょっと困った顔を見せたが、冷静な顔で考えながら答えた。

「……機会があれば、誰かと交流したいって思っとった人たちは、大体撮っちゃったんじゃ……。残っとるがは、誰とも交流したくない人たちで……」

「何で交流したくないが？」

「何か……色々、問題を抱えとんがじゃ……ないかな」と一郎は言い淀んだ。

「何の問題！」

結子が思わず大声で突っ掛かる。一郎は周りを気にして結子を座らせると、自分も座って結子との距離を狭めてから、生真面目な顔で何とか結子を宥めようとした。

「それは人によって色々……地道に声かけて行くしかないがじゃ……ないかな」

「ないかな、ないかなって。結局あんた、何も分かっとらんがじゃない」と結子はひどく怒り出した。

結子の剣幕に、普段温厚な一郎も、思わずたしなめるように強い言葉で返した。

「なんけ？　その言い方。俺やって何とかしたいちゃ！　打開策やっていつも考えとる！」

結子の怒りは収まらなかった。不満ばかりが残ったが、どうしようもなくて眉間にしわを寄せると、鼻から強く息を吹き出した。

団地カフェに沢山のお年寄りたちが集まっていた。

結子はこれまで知り合った、和子や千代、節子などの皆に、団地カフェに集まってもらえるようお願いをして、更にそのお年寄りたちに、自分の知り合いを誘って欲しいとお願いしたのだ。奥の広めのテーブルの前に集まった和子、千代、節子、スミたち老女に結子は頭を下げて頼んだ。

「皆さんの力を貸してください、お願いします」

和子が大らかに微笑みながら答える。「結子ちゃんのためなら。で、どういうことなん？」

結子は、折りたたんで持っていた大きな模造紙をテーブルの上に広げた。

「うちの団地やー！」とスミが目を見張って感心して言う。

模造紙には手描きの絵で団地の地図が描かれていた。そして団地の全棟とその各部屋が細かく仕切って描かれてあり、部屋番号の他に文字が書き込めるスペースが設けてある。地図を不思議そうに覗き込む老女たちに、結子がもう一度、頭を下げて言った。

「どの部屋に誰が住んどるのか？　空き部屋はどこか？　民生委員の方に聞いてもはっきりしないんで、皆さんから情報を教えて頂きたいんです」

「何だそんなことかい」和子がもちろんといった感じで笑ってから、身を乗り出して地図を見つめると、すぐに30号棟の部屋を指差して言った。

「この2階3は住んどるはずよ」

「うん。住んどられる」と千代も同意する。

結子がペンで、和子が指した部屋番号の横のスペースに三角マークを書き入れる。

「ここは……ね、どう？」と和子が節子に尋ねた。

節子は真剣な顔で答える。「この間、宅配が来とったわ」

結子がそこにも三角マークを書き入れると、すぐにスミが地図の50号棟を指差す。

「ここと、ここは住んどる」

「ここ、どうやったけ？」51号棟の4階の部屋を指して、スミがみんなに聞く。

「この間、ばあちゃんが掃除しとられた」今度は千代が答える。

老女たちが次々と教えてくれるので、結子は嬉しくなって更に尋ねた。

「52号棟はどうですか？」

「えーっとね、ここ、もう引っ越して行かれたがじゃないかね」

さっきまでテーブルにいなかった水色の服を着た老女、森八重が教えてくれる。

結子がふと周りを見ると、結子や和子たちを更に取り囲むように老人たちが集まり、地図を覗き込んで真剣な顔で考えてくれている。

「ここの方、亡くなったんじゃないけ？」と、おとなしい節子が自分から発言した。

「最近、見んわ」と興奮気味に細面の千恵子が会話に入って来る。

「見かけんくなったね」と寂しそうに言う丸顔の朋子。

たまたまカフェに来た他の老人たちも、次第に地図の周りに集まり始める。結子は沢山の老人たちと、何とも賑やかに団地の手作り地図を埋めて行った。

砂色と枯草色に塗り分けられた階段室の壁に、窓から日の光が流れ込んでいた。59号棟の階段を、結子が力強く上がっていく。結子は上りながら手元のコピー紙を見た。まだ途中書きではあるが、老人たちが教えてくれた沢山の印が入った、手作り団地居住地図だ。

3階2号室の部屋の前で立ち止まり、結子は部屋の表の様子に目を留めた。郵便受けと表札はテープで塞がれており、ドアはかつては亜麻色だったのであろうが、今は黒ずんだ錆が浮き、そのドアの溝には埃がたまっていた。結子はもう一度、手製の地図を見てここで間違いないか確認してみた。

「3階2は、住んどる可能性ありか」

結子がドアチャイムを押すが、音は鳴らずにスイッチ部分が弱々しくへこんでしまう。おまけにスイッチはへこんだまま戻らなくなる。壊れているのだ。結子は気を取り直すと軽く拳を握り、鉄製のドアをノックして、部屋の奥に向かって声をかけた。

「こんにちは。役場からお願いです……2号室さん」

反応がないので「2号室さん」ともう一度呼びかける。

それでも反応がないので、結子は階段に座り込み、気長に待つことにした。

地図を見ながら次に回る住居を考えていると、鉄が軋む音が聞こえる。結子が慌てて
ドアの方を見ると、2号室のドアが開き、着古した長袖ポロシャツ姿の白髪の年老いた男が今まさに、外に出ようとしているところだった。

その、顔にしみの目立つ老年の男は、結子に気付いて驚くと、慌ててドアを閉めて中に戻ろうとした。

結子は急いで立ち上がり「こんにちは」と声をかけ、咄嗟にドアを手で押さえた。

ドアを押さえられてしまうと、老年の男は弱りきった表情で棒立ちになった。

「役場の無料サービスで、行きたい場所にお連れして写真を撮ります。お願いします」

結子がおもいで写眞のチラシを渡そうとするが、男はチラシを受け取ろうとしない。

結子はもう一度チラシを男の胸元に差し出して、根気よく粘った。

老年の男は苦しそうにあごを引いてから、やむを得ずという感じでチラシを受け取った。

その後も団地カフェでは、結子の団地居住地図を埋める作業が、和子ら老女たちによって賑やかに続けられた。噂を耳にした美咲と一郎が、その地図を見にやって来る。少し前までは誰一人いなかった団地カフェに、今では老人たちが沢山集まるようになっていた。お茶を飲んで談笑したり、トランプをしているグループもいる。

一郎はその光景をすごく嬉しそうに眺めてから、地図を見た。

結子の提案した手製の地図には○？△×済などの印が沢山書き込まれている。

「すごいわ、結構埋まりましたね」地図を見て感心する一郎。

「和子さんが、各棟の知り合い皆に声かけて、実際に自分も回ってね。和子さん、結子ちゃんを孫みたいに思っとるから」と、千代が和子の行いに感心しながら教えてくれる。

一郎はその主役の和子を探すが、見当たらないので美咲に尋ねた。

「和子さんは、今日は？」

美咲は答えるのを少し躊躇ったが、「実は掃除中に転んで、腕をぶつけちゃったみたいで」と和子を心配しつつ教えてくれた。

「大丈夫なんけぇ」一郎は焦った。

「うーん、大したことないって言っとったけど。和子さん心配されるが嫌やから、皆に言わんといてって」

「そうですか。でも結子には言わんとな。黙っとったら、余計に怒るやろうしな……参ったな、俺が言うがか」

一郎は迷いながらも困ったように顔をしかめた。もし自分が黙っていたら、結子は嘘をついたと怒るだろうし、もし本当のことを言ったら、結子は和子が心配で動揺するだろうと思って考えあぐねた。

美咲は笑いながらも、どうして一郎は過剰に結子を気遣うのか、その理由と一郎の胸の内を知りたくなった。


お年寄りたちに団地の部屋の情報を教えてもらうようになってから数日間、結子は手作りの地図を見ながら、住んでいる可能性がありそうな部屋を手当たり次第に訪ねて回った。

先日59号棟で会った、居留守を使った白髪の年老いた男は、あの部屋に一人で暮らす上川健《かみかわけん》、73歳だと分かった。本人から、おもいで写眞の申し込みがあったからだ。

上川の写真を撮る約束の日、時間が空いていたので、結子はその日も地図を見ながら、住人がいそうだがはっきりしない部屋をいくつか回った。すると、上川と同じように引きこもったまま部屋から出ない、前佛《ぜんぶつ》という名前で、強いくせ毛が印象的な66歳の老年の男と、会って話をすることができた。おもいで写眞の説明を一通りすると、前佛は興味深そうにチラシを受け取ってくれたので、結子は気分良く団地内の道を歩いていた。そこに偶然通りかかった、美咲が声をかけて来る。彼女はソーシャルワーカーの仕事で、団地のとある住人が訪問ヘルパー支援を受けられるように相談にのるため、その家を訪ねる途中だった。二人は向かう方向が一緒になったので、歩きながら他愛のないおしゃべりを始めた。すると美咲が、何の前置きもなく単刀直入に聞いてきた。

「ね、結子ちゃんと星野くんって、付き合っとんが？」

「は？　いや、なんですか、いきなり」結子はかなり動揺して顔をしかめた。

「二人とも仲良いし」

「いや、あいつとは終わってますから、高校の時」結子はきっぱりと言った。

「終わってる？」

「いや……あいつ、初めてのデートの約束、すっぽかしたんですよ。しかも、携帯忘れたから待ち合わせの場所でずっと待っとったって、嘘までついて。私、嘘つく人って一番許せないんです」

結子はあの時の腹立ちを思い出し、噛み付きそうな表情に変わった。

「ふーん。そんであんなに言うかどうか悩んどったがや」

昨日の団地カフェで一郎の様子がおかしかった理由が、嘘をつくと結子に嫌われるからだと、美咲は分かり、やっと腑に落ちたという顔をして結子を見た。

美咲がこの話を持ち出した本当の理由が知りたくて、結子は催促するように眉をひそめて美咲を見つめた。

言いづらそうに美咲は言った。「実は和子さんから、言わんといてって頼まれたがやけど」

美咲はもう一度、躊躇ったが、仕方なく結子に和子の怪我のことを教えることにした。

結子は和子の家に向かって急いで駆け出した。とにかく心配で33号棟に向かって無我夢中で走った。スピードを落とさないで棟の階段を駆け上がって4階まで来ると、息を切らしながら急いで3号室のドアチャイムを押した。

「和子さん、怪我、大丈夫ですか」

結子の声が届いたのか、薄い小豆色の鉄製のドアの向こうから、人が歩いて近づいて来る気配が伝わって来た。

けれどドアは開けられることはなく、閉じられたままだ。少しして和子の声だけが聞こえて来た。

「結子ちゃん、わざわざありがとうね、怪我は大したことないから」

結子は閉じた鉄製のドアに向かって必死に頼んだ。

「あのすみません、ドアを開けてもらえませんか」

「駄目。格好悪いから、見られたくないが。しばらくは勘弁してちょうだい」

「そんな」

「大丈夫だから。今日も撮影、あるがやろ？」

「でも」

「駄目。仕事ちゃんとせんと、おばあちゃんに叱られるよ」

和子の言葉には有無を言わせない、強い信念のようなものが込められていた。

結子は何も和子の役に立てなくて悔しくてならなかった。けれどどうしようもなく、歯を食いしばり立ち尽くすしかなかった。上川の写真を撮る約束の時間が迫っていた。


木造家屋が多い住宅地域の中を、結子は安全運転を心がけて走っていた。ラシーンの後部座席には寡黙な上川が乗っていた。結子はやる方ない気持ちを我慢して、和子に言われた通り、おもいで写眞に集中しようと心に決めて仕事に向き合っていた。

目的地が近づいたので結子はスピードを緩め、ラシーンを沿道の路肩に止めようとした。すると、ちゃんと停車する前に、上川が自分で後部座席のドアを開けて早々と車の外に出てしまう。

結子はとても驚いて、サイドブレーキをかけて駐車すると、慌てて運転席から降りた。

「止まってからでないと危ないですよ」結子はやんわり注意してみる。

けれど上川は聞く気がないのか返事もせず、道の反対側を見つめている。

呆気にとられたが、結子は気を取り直して仕事に励もうと、上川の見ている先を見た。

　そこには随分と古そうな木造家屋があった。入口に掛かった紺の暖簾に白い文字で「田中屋《たなか》」と書いてある、和菓子屋だった。店のガラス窓には鯛焼きの文字も見える。結子は、この店の存在を知らなかったが、その風格のある外観に不思議と懐かしさを感じた。

「こんなところに饅頭屋さん、あったんですね」

　上川は黙ったまま急ぎ足で、一人だけで店の方に行ってしまう。結子は慌てて上川の後を追った。

　田中屋の店内に入ると、上川は嬉しそうに周りを見回した。店の中には大きなショーケースがあり、いろんな和菓子が所狭しと並んでいる。おはぎ、大福、羊羹、饅頭、最中、どら焼き、カステラなどのおなじみの和菓子。若鮎、水無月、葛きり、水羊羹などの季節のもの。色とりどりで繊細な細工を施した練り切り。みんな和菓子職人の手によるものだ。

「いらっしゃいませ」と店員と女将らしき人が声をかけてくれる。

　五厘刈り頭の男性店員はたぶん40代、女将は70歳近くに見える。結子は、二人は親子かもしれないと思った。上川の希望を聞いていたので、失礼のないよう二人に礼儀正しく挨拶した。

「すみません。お店の中で、写真を撮らせて頂きたいんですけど」

女将が唖然とした顔をするので、結子は不思議に思いながら確認のため、隣に立つ上川を手で指し示して話しかけた。

「この上川さん、以前ここで働いてて……」

店員と女将がいぶかしげに顔を見合わせてから言った。

「この人、なん知らん人やけど、なあ母さん」

「ウチはね、亡くなったお父さんと私で始めたから、従業員は雇ったことないがよ」

結子は思ってもみなかった返答に戸惑い、こうなった原因が知りたくて尋ねた。

「上川さん、お店間違えました？」

「いやいや、私はここで饅頭を作っとった」

店員が呆れて言った。「何で作り話をすんがけよ。じいさん、嘘はあかんちゃよ」

「嘘なんか言っとらんちゃ」上川は心外だという顔になった。

店員は困って結子に助けを求めた。「ボケしもうとるんやないがけ？」

「ばかにするな」と上川が叱り飛ばすように言った。

「すみません、失礼しました。行きましょう」

結子は焦って頭を下げ、上川の腕を強く引っぱり、何とか店の外へ連れ出した。

店の外に出ると上川は、膝を折って屈み込んで動かなくなってしまう。

合点がいかない様子の上川に、結子はふと思い出すように言った。

「上川さん。もしかして、『田舎屋』じゃないですか、図書館近くの?」

上川は屈み込んだきりおぼつかない様子で、首を捻るだけで口を閉じたままだ。

結子はこれからどうするか考えあぐねてしまった。


田舎屋は、結子が高校時代によく使った図書館の近くにあった和菓子屋だ。店先で焼く鯛焼きが美味しくて何度か通ったが、上川のような人が店で働いていたかどうか、憶えていなかった。とにかく結子は確かめるべく、上川を連れて田舎屋に向かってみることにした。

田舎屋に来るのは高校の時以来だったが、小豆色の暖簾をかかげた店はまだちゃんと営業していた。建物は随分古くなったように見えたが、店内の小ぶりのショーケースには、おなじみの和菓子や練り切りも陳列してある。鯛焼きを店の外からも注文できる店構えで、ガラス窓の前で店主のおじさんが鯛焼きを作っていた。結子が上川のことを尋ねると、怪訝そうな顔で店主は答えた。

「上川？　いやぁ、うちはずっと家族だけでやっとっから」

残念ながら田舎屋ではなかった。結子は上川にもう一度聞いてみるしかないと思い、車の中で待っている上川のもとへ戻ることにした。

車の外からガラス越しに後部座席の上川の様子を見ると、話しかけられるのを拒むように、目を吊り上げて怒りの色を顔にみなぎらせていた。

参った――結子は思わず音を上げそうになり、眉間にしわを寄せ、天を見上げた。


それからあれこれと考えたが、良い考えが浮かばなかったので、結子は美咲の携帯に電話をして、助けてもらうことにした。美咲のアドバイスで、彼女が手配してくれた精神科の先生に上川を診察してもらうことにしたのだ。診察室の表にあるベンチに座り、上川の診察が終わるのを悶々としながら結子は待った。

「お大事に」と医者の声が聞こえた。

診察室から美咲だけが先に出て来る。結子は急いで美咲に詰め寄って、一体どうだったのか、目顔で尋ねた。

「うーん、認知症ではないわ。他んことはしっかりしとる、饅頭屋さんのことだけ、こじれとるみたい」

「こじれとるって」

結子が釈然としない心持ちで尋ねていると、上川が診察室から苛立ちながら、首を傾げて出て来る。

「やっぱり、納得いかんちゃ」

上川が廊下に立ったまま大声で言うので、結子と美咲は困って顔を見合わせた。

「あの店で写真を撮ってくれ。頼むちゃ、頼むちゃ」

上川が今度は真剣な顔で頭を下げるので、美咲が仕方ないといった感じで結子に言う。

「とりあえず、撮ってあげたら」

「とりあえずなんてできません。真相が分かるまで、私は撮りません」

結子は上川を睨みつけ、強い調子で石のように頑固に断った。

その頑なな様子に、美咲は苦笑いするほかなかった。

雪見町役場にあるいつもの南側の休憩所ではなく、建物の北側の一番隅にある休憩所で、一郎と結子がお互いの腕を摑んだまま押し合っていた。その場所と近くの廊下には、二人以外に人の姿はなかった。来庁者が訪れる窓口から廊下を更に奥に行った、離れた場所にあるので、来庁者と職員の声や電話の鳴る音が遠くで何となく聞こえる程度で静かだ。また、一郎が働く生活課からは死角になっているので、周りを気にしないで話ができて都合が良かった。それで一郎は結子をここに連れて来たのだ。結子はしばらく抵抗していたが、一郎にソファーベンチに無理やり力ずくで、座らされてしまう。

一郎はそれでも少し周りを気にして小声で、早口で言った。「上川さんの職務履歴なんて調べられんちゃ。個人情報やぞ」

そんなことは分かっている。承知の上で頼んでいるのにと思い、結子は苛ついて黙り込んだ。

「それに、思い出話が本当か嘘かなんて、関係ないやろ」

結子は一郎の言うことには全く同意できなかった。苛立ちが抑えられず、思わず一郎から顔を背けた。

「事実と違っても、それが本人にとって本当で大切な思い出なら、写真撮ったげなよ」

一郎は結子に、おもいで写眞で何が一番大切なのか、冷静に考えて欲しかった。

「撮れん」

「仕事なんやからさ」一郎は結子に仕事の責任をちゃんと果たしてもらいたくて、宥めるように優しく言った。

「嫌、嘘のおもいで写眞なんて」

いくら一郎に優しく言われても、嫌なものは嫌だった。結子は自分の気持ちに正直でないことはできなかった。

嘘が嫌なのは分かるが、一郎には結子が頑なに意地を張っているようにしか思えなかった。山好きの大将の呑み屋で、結子が自分の何が駄目で仕事をクビになったのか分からず、悔しがっていたので、以来ずっと気にして、一郎はその理由を考え続けていた。あの日は上手く言葉にできず、もどかしかったからだ。理由を考え続けた結果、思い当たったことがあった。一郎はそれを、結子の駄目なところを、少し迷ったが伝えることにした。

「お前、昔から全然変わらんな、嘘が大嫌いで、頑固で融通が利かんくて」

「なに急に」

一郎は結子の助けになればと思い、良かれと思って伝えた。それは数年ぶりに再会し、結子がこっちで暮らすようになってから、改めて感じた、気になっていたことでもあった。

「厳しいこと言うようやけどさ、そんなんやから東京での仕事も上手く行かんかったがじゃないが？　嘘が嫌いやからお世辞も言えんし、そんなんでモデルやお客さんと、上手くいく訳がないちゃ」

結子は急に蒼白な顔になって、一郎から目をそらして口をつぐんだ。

そうだったのか、それで――。それまで遠くで聞こえていた電話の鳴る音や、来庁者や職員の声が急に聞こえなくなった。ずっと知りたかった、東京で自分の何がいけなかったか、その理由をやっと知った瞬間だった。普段のように何か言い返すことができなかった。思い起こすと、一郎の言葉はまさに図星だと気が付いた。東京で働いていた時、確かにお世辞は絶対言わなかった。一所懸命に働いていたし、技術が大切だって頑張っていたのに、先輩やお客さんから注意をよく受けた。どうしてなのか自分ではよく分からなくて苦しかった。あの、ものすごく辛かった時のことが思い出されそうになって、結子は思わず立ち上がると、逃げるように休憩所から駆け出してしまった。

一郎は結子がそこまでショックを受けて動揺するとは思っていなかったので、言葉が過ぎたと思ったが、どうしようもできなかった。うな垂れた視線の先に、ぼんやりと休憩所の床が見えた。錆色に塗られたその床は、そこだけ一部分大きく塗装が剥げて、灰色のコンクリートがむき出しになっていた。それはまるで自分がしでかしてしまった、失敗の証拠のように一郎には思えた。リラックスするはずの休憩所が、今は空気が薄く感じられて、居心地がひどく悪かった。

魚市場にはいつも、魚の匂いや潮の匂いが淀んで漂っている。結子はそれがあまり好きになれなかった。けれど今日は、不思議とその匂いさえもが気にならなかった。それは早朝の魚市場でのアルバイトに慣れたおかげではなく、昨日一郎に言われた言葉が頭から離れなかったからだ。

売り主が何人もの買い手を相手にして競争で値段をつけさせるセリは、まだ始まっていなかった。陸揚げ後の選別を終えた魚が沢山入った籠から、今度はトロ箱へ、魚を次から次へと移していくところだ。そのトロ箱にスコップで氷をすくって入れる力仕事を、結子はしていた。単調に繰り返される流れ作業のせいで、気付くと結子はすぐに、一郎の言った言葉を再び思い出して考え込んでしまっていた。

「氷入れて」とベテランの漁師が結子に声をかける。

結子は考え事の奥深くに浸り込んでいて、その声が耳に入らず棒立ちのままだった。

隣にいた先輩作業員が強い言葉で「おい！　氷」と結子を叱りつけた。その声でやっと結子は我に返ると、慌てて腹に力を入れてスコップで氷をすくい、落ち着きを失ったままトロ箱に投げ入れた。


アルバイトを終えた結子は、魚市場の出入口からいつものように外に出た。

コンクリートと薄茶色のレンガで造られた市場の建物は、随分とくすんで薄汚れてしまっていたが、丁寧に掃除が行き届いており、清潔さは保たれていた。凪の海の中にひとつだけ寂しそうに建つ市場の建物の姿は、結子がこの町で生まれ育った頃から全く変わってはいない。

結子が防波堤の見える海沿いを、駐輪場に向かって歩いていると、メール着信がある。スマホを確認すると美咲からなので、すぐに立ち止まってメールの内容を読んだ。

「おもいで写真の撮影依頼があるので、すぐに来て欲しい」との内容だった。

持田《もちだ》家はその地域では一番大きな網元で、今でも大きなお屋敷を構えている。お屋敷に結子が駆けつけると、美咲が、この家に住む持田洋子《ようこ》のもとに案内してくれると言う。

畳敷きの大座敷が続く長い廊下を通って、屋敷の奥へ入って行くと、石灯籠の立つ庭園に面した、８人は座れるであろう大きなテーブルのあるリビングが見えた。そこにエレガントですらりとした女性が見える。それが洋子なのだろう。

結子はこのところ申し込みがなくなってしまった、おもいで写真の撮影を依頼してもらえて心は少し晴れたが、屋敷が立派すぎるせいか、なんだか落ち着かない心持ちになっていた。

美咲が結子を紹介した洋子は、髪を綺麗にセットした、上品で趣味のよい身なりの女性だった。色白で肌も美しく、66歳の実年齢よりひとまわりは若く見えた。

「お待たせしました。今日写真を撮ってくれる音更結子ちゃんです」

「ごめんなさいね、お呼び立てして。美咲さんからお話聞いて、主人と二人でおもいで写眞、撮っていただきたいって思って。ね、あなた」

と、洋子は誰も座っていない椅子に笑顔を向け、まるでそこに人がいるかのように、肩がある場所に手を置き、語りかけた。

結子は誰も座っていない椅子と洋子を交互に見てから、自分の目を疑い、焦った。

「え。え……あの」

「ええ、喜んで撮らせていただきますね」と美咲は普段と変わらない笑顔で、結子の代わりに返事をしてしまう。

結子はこの奇妙な状況に困って、呆気にとられるしかなかった。

美咲は一向に構わず「旦那様も、ありがとうございます」と、誰もいない椅子に向かって笑いかける。

「ごめんなさいね。主人、無愛想で」と洋子が笑いかけてくる。

結子は思った。洋子にはなぜか旦那さんが見えているのだ。でも自分には見えない。美咲は洋子に付き合って、恐らく見えている振りをしているのだろう。一度、冷静になって考えてみたが、どうすることもできなかった。まるで迷子の幼児のように、弱り切って立ち尽くすしかなかった。

そうこうしている内に、洋子と美咲は中庭に出てしまい、結子は中庭の緑を背景におもいで写眞を撮らねばならなくなる。

恥ずかしいのか、気後れしている洋子を美咲が励まし、立つ位置など写真の写り方のアドバイスを始める。

「旦那様に近づいてもらっていいですか？　もうちょっと近づいて……仲良い感じで、笑顔で」

いない旦那さんを、いるつもりで撮影するのは、やはり奇異でおかしい気がして戸惑い、結子は困った顔で美咲を見た。

そんな結子の様子に気付いた美咲は、急に怖い顔で結子を見つめると、撮影するよう黙ったまま目顔で強要してくる。結子は仕方なく溜息を吐くと、半信半疑で洋子にカメラを向けた。

「笑って、笑って、行きますよ」と美咲が声をかける。

結子は旦那さんのことは気にせず、カメラのファインダーから見えるアングルの真ん中に洋子を置いてみた。もし旦那さんが本当にいたら、フレームから旦那さんの体が切れてしまっているアングルだ。ファインダーの中で、夫と並んでいると思っている洋子は、暗い雲の切れ間から日の光が差すように、それまでの気後れした感じから、明るく安らいだ佇まいに変わって行った。その姿を結子はシャッターを切って撮った。

「いいですね、じゃあ次は洋子さんが旦那様の肩に、旦那様にちょっと近づいて、もっと近づいて、はい」と美咲が隣の人の肩に手を置く仕草をする。

洋子は戸惑いながらも、言われた通り、夫の肩の上に手を置く。

けれどやっぱり結子には、洋子の隣には誰もおらず、旦那さんの姿は見えない。結子が気まずそうにもう一度美咲を見ると、美咲は先程より厳しい顔になり、とにかく撮影をするよう強く目顔で指示してくる。

そして結子を急かすように「いいですね、行きますよ」と、美咲が洋子に明るく声をかける。

結子は仕方なく再び洋子にカメラを向けた。

洋子が嬉しそうに隣の見えない夫の肩に手を置いているので、そこに旦那さんがいる分の空間を結子は作ってみた。けれどやはり旦那さんはいないので、こんな奇妙な構図の写真を撮っていいのか、と抵抗感を覚えてしまう。結子は洋子をファインダーの真ん中に戻して、洋子だけの1ショットでシャッターを切った。

「じゃあ次は洋子さん、旦那様と、こう腕を組んでみましょうか」と身振りで示す美咲。

美咲の指示に、洋子は夫の方をちらりと見ると、恥ずかしそうに戸惑う。

急に結子の脳裏に、先日、役場で一郎に言われた言葉が蘇った。「嘘が嫌いやからお世辞も言えんし、上手くいく訳がないが」という結子の駄目だった理由だ。

でもやっぱり嘘はどうしても嫌だと思った。同時に、嫌だと感じてしまう自分を変えられたら良いのに、とも結子は思った。

「思いっきり近づいて、はい、旦那様も洋子さん見つめてくださいね、笑顔で行きますよ」

美咲のアドバイスを受け、洋子は照れ臭そうにするが、緊張気味におずおずと夫と腕を組んだ。そして愛おしそうに夫を見つめると、目を細めて笑いかけた。

洋子の夫を慕う優しい眼差しを見ているうちに、結子はそれが嘘ではなく本当に見えているのだと、感じるようになって行った。洋子が醸し出す、温かで幸福な空気に導かれて、結子は洋子が腕を取った旦那さんの分の空間を作り、2ショットのアングルを作ってみた。そして息を止めた。

気付いた時にはいつの間にか、カメラのシャッターを切っていた。

川の両岸にいくつもの漁船が連なり、時折、眠たげな音を立ててつなぎ止められている。

持田家からの帰り、どこか懐かしさを感じさせる川べりの風景の中を、結子は自転車を押す美咲と一緒に歩いていた。結子は洋子のことがどうしても引っかかってしまい、元気が出なかった。洋子を2ショットで撮ったあの時は、嘘ではないと感じて撮影したが、後でやっぱり、自分が嘘に付き合ったようにも思えて来たからだ。

美咲がそんな結子を見て、洋子の事情を話し始めた。

「洋子さんの旦那様ね、本当に急に亡くなられたが。本当に仲の良いご夫婦やったから、洋子さんの心が、それを受け入れられんくて……」

美咲がどうして洋子の写真を自分に撮らせたのか、理由が聞けると思い、結子は黙って耳を傾けた。

「私も最初はどうしたらいいか分からんかって。信頼できる精神科の先生に聞いたら、できる限り洋子さんに話を合わせなさいって」

「それで……」

「そう。それが洋子さんの心を回復させる有効手段なんやって……人の心っちゃ宇宙より不思議やちゃね」

「うーん、でも嘘みたいなことに付き合うなんて……何か他に方法はないんですか」

「洋子さんにはね、本当に旦那様が見えとんがよ。やから……彼女は、嘘をついとる訳じゃないがよ」

結子は話をそのますぐに受け入れることはできなくて、少し表情を硬くした。

「こん前の上川さんもね……そうながじゃないかな」

「え？」

「上川さんの思い出も、上川さんの中にはちゃんとあるがよ……見えんけどそこにあったり、いたりすることちゃあ、きっとある……」

「……見えんけど、そこにあるもの」

「去年死んだ母の、受け売りやけどね」美咲が照れ笑いしながら言った。

結子は頭では少し分かるような気がしたが、どうしても気持ちがついて行かなかった。結子は戸惑いながらも、それでもちゃんと考えたくて足を止めた。


雪見町の「さまのこ」の家並みが続く石畳の道を、結子は思案しながら歩いた。実家の元写真館の前まで来ると、家の入口脇にあるショーウインドーの前で一郎が待っているのが見えた。結子は急に固まったように動けなくなってしまった。

一郎は結子に気が付くと、神妙な顔でかしこまって言った。「この前は、ごめん。言いすぎた……」

「……いいよ別に。本当のことだし」俯いて、何とか結子は答えた。

「え……」

「嘘が嫌いで、お世辞のひとつも言えないって話。まさかそれでダメだったなんて、思ってもみんかったけど」

不意に涙がこみあげて来た。結子は一郎に涙を見られたくなくて顔を背けた。結子の頰を涙が勝手に伝い落ちた。

「……車のキー貸して」

一郎は珍しくきっぱりとした態度で言うと、結子に手を差し出した。

「なんで?」

「いいから」

一郎の勢いに押され、結子は渋々、ラシーンの鍵を渡した。

一郎がラシーンを運転して結子を連れて行ったのは、雪見町から少し離れたオフィスビルが建ち並ぶ商業地域だった。一郎が大通りから少し入った路地に車を止めて、そこから歩いたので、結子は最初は気付かなかったのだが、一郎が案内してくれたのは、66号棟の聾啞の森谷さんのおもいで写眞を撮った、靴の修理店キシダだった。

靴の修理店の表玄関ではなく、路地側から店舗の横にある、ガラス窓が見える場所に二人は来ていた。そこからは、大きな窓越しに作業場と、店中で働く店員の姿が見えた。

「ほら、あそこ見て」と一郎が指差す。

結子が見ると、エプロン姿の森谷が靴の修理をしているのが見えた。

「森谷さん、また働き始めたん？」

「実は森谷さん、本当はこの店で働いとらんかったがいぜ」

結子は驚いて、問い質したげな眼差しで一郎を見た。

「あの後、森谷さんから役場に手紙が来てさ。この店で働いとったがは本当は森谷さんやなく、亡くなった奥さんで、森谷さんは奥さんが家に持ち帰った靴の修理を好きで手伝っとっただけながやって」

結子は口の中が渇いて動かなくなったように言葉を失った。

一郎はよどみなく話を続けた。「腕に自信はあったから、店で働きたかったがやけど……聾啞やからって、諦めとったがやと」

店で働いていなかった森谷がどうして今ここで働いているのだろう――結子は思った。

実は森谷は、妻のみや子が靴の修理店キシダで働いていた当時、店を訪れたことが何度かあった。みや子の忘れ物を届けるためがほとんどだった。森谷が靴修理を自宅で手伝っていることを、今は亡くなったキシダの先代社長は知っていたので、気を利かせた先代が二人の記念写真を撮ってくれたことがあった。森谷とみや子は、靴加工機械フィニッシャーの横に照れ臭そうに並んで立って、記念写真を撮ってもらった。森谷はその記念写真を大切に、自宅の部屋に飾って暮らしていた。森谷が結子におもいで写眞を撮ってもらった場所は、森谷が妻のみや子と一緒に写真を撮ったのと同じ場所だったのだ。そして森谷がおもいで写眞の時に着たデニムエプロンも、みや子が当時着ていたのと全く同じものだった。

森谷は結子におもいで写眞を撮ってもらった後、それを昔の記念写真の隣に並べてみた。ふたつの写真を眺めている内に、森谷はいつのまにか古い靴の修理道具を広げ、手入れを始めていた。

ガラス窓越しに結子は森谷を見つめた。修理用の金台に靴を置き、靴底の革をハンマーでこまめに叩いて、滑らかに整えて行く森谷の手ぎわは、力強く、自信に溢れ、本物の靴職人にしか見えなかった。その堂々とした説得力に結子は頭に一撃もらったような気持ちになった。棒立ちの結子に、一郎は続けて言った。

「お前が撮った写真を毎日眺めとったら、どうしても働きたあなって、勇気を出して店を訪ねたがよ。そしたら丁度、人手が必要で。森谷さん、本当にいい腕やったから、そのまま働くことになったがよ。思い出話が本当やなくても、お前が撮ったおもいで写眞が森谷さんの力になったがじゃないかな？」

森谷がハンマーで金台の裏を軽く叩いて、金台の型を別の物に変える。そして次に修理する靴を取りに行く。その時偶然、結子たちが外の路地に立って見ているのに森谷は気付いた。

森谷は嬉しそうに「こんにちは」と手話で挨拶してくる。結子は目を合わせたまま、しばらく固まったように動けなかったが、なんとか息を整え、ぎこちなくだが森谷に頭を下げた。

一郎に言われるままに結子は車に乗った。結子のことを気に留めながら、黙ったまま一郎は運転を続けた。車の助手席の結子も黙ったまま窓の外を見つめていた。田舎のまったりとした何もなさが車窓には続いていた。結子はさっきの森谷の話を考え始めた。嘘が嘘でなくなってしまったように感じて、結子は複雑な気持ちになった。自分の心に広がった、聾啞の森谷の役に立てた喜びと、嘘をどうしても受け入れられない感情が交錯した、まだらになった気持ちを受け止めきれなかった。それはまるでプールで溺れそうになり、もがいている時の感覚に似ていた。

車が止まり、結子は急に我に返った。一郎は木造の灯籠の近くで駐車し、何の説明もなく先に車を降りた。ここがどこなのか分からないまま、結子も車を降りた。

車の外に出ると、結子の目の前に長い石段が下に向かって続いていた。結子たちは車で山の上の方に来ていたのだ。一郎は何も言わず一人で先に歩いて行ってしまう。結子はこの長い石段がなぜか気になり、石段の最上段へ近づき、下に続く石段を見下ろしてみた。結子はこの石段に見覚えがあるような気がしてならなかった。けれど上手く思い出すことができず、しばらく見つめて、何なのか思い出そうと試みた。

「結子」と一郎が呼ぶ声がしたので、仕方なく結子は思い出すのを諦めて、一郎のいる方へ急いだ。

そこは大きめなベンチがある高台で、眼下に結子たちが暮らす雪見町と周辺の街、日本海が一望できる見晴らしの良い場所だった。結子が気付かない内に日は落ちて、いつの間にか夕方になっていた。眼下の街の明かりがひとつ、またひとつと次第に灯り始める。

一郎は自分の取って置きの場所に連れて来ることで、結子に元気を取り戻して欲しかった。

「煮詰まるとここに来んがよ……気分が晴れるやろ」

この高台は、沈んで行く美しい夕日が見られる絶好の景勝地だった。けれど今日はまるで結子の気持ちと同じように、暗くなって行く空には雲がかかり、夕日のちょっとした乱反射すら見ることはできなかった。結子はベンチの前に立ち、黙ったまま周りを見回す内に少しずつ沈んだ面持ちになって行った。

一郎はベンチの前に立ったまま、結子の表情に落胆し、残念そうに呟いた。「……駄目、ですか……」

「違う……ずっと忘れとったけど……ここ、私にとって最悪の思い出の場所なんだ」

結子は周りを見ている内に思い出したのだ。雪見町と海が一望できるベンチ、さっき見た長い石段——ここは城神山《しろがみやま》だと。

最悪の場所と言われ、その理由を聞きたかったが、一郎は落胆の気持ちの方が大きすぎて聞く気になれなかった。そんな落ち込んだ顔の一郎を見て、結子は理由をちゃんと話そうと思った。

「私の母親のこと、知っとるよね、私を捨てて失踪した」

「まあ……うん」

「おばあちゃん、あの人かばって、小さい頃から私に嘘の思い出話を話したん、何度も何度も……」

「嘘の、思い出話？」

「うん、結子ちゃんのお母さんは東京でね……」

それは結子の実家の写真館での出来事だ。店舗に置かれた革張りのソファーに、6歳の結子と56歳の祖母の愛子が座っていた。愛子は結子の頭をなでながら話してくれた。

「結子ちゃんのお母さんは東京でね、美容師さんをしとったから、とってもお洒落でいつも結子ちゃんに綺麗な服を着せて……結子ちゃんが泣くと……城神山の石段を登って、結子ちゃんが泣き止むまで、子守唄を歌ってくれたんやよ」

結子にはそんな風に子守唄を歌ってもらったという記憶はなかった。祖母によると、母の子守唄には歌詞はなく、小さな声でハミングだけで歌いかけた、ということだった。結子は、祖母の話してくれた通りに、母が幼児の結子と石段にいる姿を想像してみることにした。もうすぐ夕暮れになる斜光の日の光の中、後ろ姿のため、母の顔は見えないが、城神山の石段を登って行く。2歳の自分は泣いており、母は抱きかかえてくれ、背中をとんとんと優しく叩いて、どんな歌なのか分からないが、ハミングで歌いかける。そんなイメージを描いてみた。

結子と一郎がいる城神山の高台は、いつのまにか辺りが闇に包まれ、遠くの眼下の街の明かりが色とりどりの小さな宝石のように光っていた。けれど、高台に立つ街路灯のおかげで二人の表情ははっきりと分かった。

「泣き止むまで子守唄を歌ってくれたって、おばあちゃんが話したのは嘘なんだよ」

「嘘かどうか分からんやん」

「嘘なんよ。だって変わるが。小さい頃は子守唄だったんに……小学生に入るとおまじないに変わって……」

結子は8歳の頃の記憶を思い出していた。

美しい夕日が橙色と黄色に溶け合いながら沈んでいく空。その夕日の光が水田に反射して輝いている。58歳の祖母と8歳の結子が並んで、この、今いるのと同じ高台のベンチに座っていた。

「結子ちゃんが泣き止むまで〝おまじない〟をし続けてくれたがよ、『なのなのなすび、おすのおすのす』ってね」

と、祖母が結子の両手を握り、上下に動かしながら〝おまじない〟を唱えてくれた。そんな記憶だ。

結子は祖母の話す母の話が嫌いだった。

「高学年になるとまた子守唄。それにあの人が私を捨てた時、私、4歳だよ。それから一度も連絡ないが……一度も……それが本当の思い出」

一郎は言葉が喉につかえたまま出なかった。街路灯のせいか、結子の顔が普段よりも頬の削げた顔に見えた。

「小さい時はさ、おばあちゃんの話を信じようとしたこともあったけど。でも信じようとすればするほど傷ついて……何で会いに来てくれないんだ、電話ぐらいしてくれてもって、その度におばあちゃんに当たって……」

結子の瞳に涙が溢れた。その涙は頬を次から次へ玉のように伝い、街路灯に照らされて光った。

結子は、今度は10歳の頃の記憶を思い出した。

祖母と暮らした写真館の入口から入って右手には、商品陳列棚のガラスケースがある。その上が現像とプリントの受付台だった。レジや電話も並んでおり、祖母はその前でよく仕事をしていた。その日、結子が泣きながら帰宅すると、祖母はやはり受付台で仕事中だった。結子は同級生に、結子の母が授業参観に一度も来たことがないのを指摘され、悔しくて悲しくなり、泣いていたのだ。祖母は、契約している学校行事の写真焼き増しの注文を電話で受けていたが、結子はお構いなしに、手近にあった売り物の写真フイルムの小箱をひとつ掴むと、泣きながら祖母に向かって投げつけた。

「おばあちゃんの嘘つき」

写真フイルムの箱は35ミリ写真が24枚撮れるロールが1本入っており、幼い結子が片手で握って投げられるほどの小ささだった。小箱は祖母には届かず力なく床に落ちた。

「承知しました。はい、ごめんください」と慌てて祖母は電話を切った。

結子はもう一度フイルムの小箱を掴んで祖母に投げつけ、涙をこぼして大声で泣いた。小箱は祖母から大きく外れて今度も当たらなかったが、祖母は結子に歩み寄り、待合にある革ソファーに座らせると両手で抱きしめてくれた。

「本当なが……お母さんは本当に結子ちゃんのことを愛しとったがよ」

そう祖母に言われても、幼い結子は涙をこぼして泣き続けた。

そんな記憶だ。

まるでその時のように、高台にいる結子の頬に涙が伝い、声がうわずった。消えた母のせいで、祖母は私のために嘘の思い出話をするしかなかったのだ、と結子は今になって初めて気が付いた。祖母の嘘は母のせいだ。

「あの人がいなくならんかったら、あんな思いすることなかったんに……私が嘘嫌いなの、母親のせいだったんだ……」

嘘が嫌いなのが母のせいなら、母のせいで自分は上手く生きられず、仕事をクビになったことになる。そうだとしたら、母の影響を受けて頑なほど嘘が嫌いになった自分がすごく嫌だった。

「なんか、悔しい……」

結子は自分を変えてみたいと強く思った。

一郎は結子の苦しみを分かち合うような気持ちで優しく見守った。

結子がふと顔を上げた。目の前の暗闇に広がる、故郷の明かりを睨みつけるように見た。顔を知らない母を睨みつけたのだ。それからぐっと奥歯を嚙み締めた。

「あの人に負けたくない」

その日の夜、写真館のガラスケースの上、現像とプリントの受付台があった場所を結子は瞬きもしないでじっと見つめた。受付台の奥の壁には、ふたつ時計が並んで掛かっていた。写真の受付時間と仕上げ時間が一目で分かるように並んでいたが、ふたつとも止まったまま、仕上げ時間の時計は長針が文字盤から外れてしまっていた。

その受付台ではいつも祖母が働いていた。子供の時と変わらずに置いてある、待合の革のソファーに座り、祖母のいなくなった受付を見つめて結子は思った。あの頃はすでに現像やプリントの商売は時代に取り残されて、大した稼ぎにならなかったはずだ。それでもあの場所で何の不平も言わず、黙々と働きながら祖母は自分を育ててくれた——そう思ったら、結子の心の中に、上川のおもいで写眞をちゃんと撮ろうという気持ちが芽生えてきた。

翌日。59号棟3階2号室の黒ずんだ亜麻色のドアを、結子が右手の拳で軽く叩くと、しばらくして紺色の長袖ポロシャツに、雑草のようにまばらな白い無精髭を生やした上川が、ドアを開けて顔を出した。

上川は結子を見て「なんだ、あんたか……」と今更、何の用だという態度で言った。

結子は緊張していたが、ひたむきな眼差しで上川を見つめた。


和菓子屋の田中屋で、結子は神妙な面持ちで頭を下げた。

「お願いします。許して頂けないでしょうか」

田中屋の女将の敦子《あつこ》は、目を細めて表情を緩めた。

「なーん、いいちゃ、いいちゃ、写真ぐらい。元々ウチはお父さんが町の人に喜んでもらいたい言うて始めたが。あんたが喜んでくれるがなら写真撮るぐらいいね」

開店の準備で商品を並べていた店員の息子が、顔をしかめて女将に言った。

「ちょっと母さん」

「器が小さいこと言われんが。それにその写真の評判、聞いたよ。素敵なんだってね」

おもいで写眞の評判が広がっていることに、結子は驚きつつも、すごく嬉しく思った。

結子の後ろでこうべを垂れ、慎ましやかにしていた上川も、その硬い表情を解いた。

女将が自分のしていた店の前掛けを外して「着けてみられ」と言って、手早く前掛けを上川の腰に巻いて、腰紐を結ぶ。

「似合うねか」と女将に言われ、上川がにんまりと嬉しそうに顔をほころばせた。

女将は店の裏手にある調理場に、上川と結子を案内してくれる。

調理場の中に入ると、蒸し器や焼き菓子用の平鍋、煮鍋、オーブン、ヘラや固めるための型などの調理道具が沢山見えた。それを見た上川が、それまでとは打って変わって生真面目な顔つきに変わった。

上川は練り切りを作りたいと言った。練り切りは四季折々の植物や風物詩をかたどる繊細な細工をほどこす上生菓子で、職人の感性と技が活かされる和菓子だ。白いんげん豆を煮て、砂糖と練り上げた白餡に求肥《ぎゅうひ》などを混ぜ合わせた練り切り餡を作り、それに天然色素で色付けた練り切り餡も使って、やわらかい色の変化を演出するのだ。

調理台の上には小豆餡と紫、桜色、白、薄緑、山吹色の練り切り餡が置いてある。

腕まくりして丁寧に手洗いした上川は、白の練り切り餡を手に取り丸く薄くのばしていく。上川の手つきを見て、それまで心配げに見守っていた女将と店員の息子が驚いて顔を見合わせる。職人らしい繊細な手つきだからだ。

作業の邪魔にならない場所で、結子は緊張した顔でカメラを構えていた。上川の写真を撮ることに実はまだ戸惑う気持ちがあった。上川はこの店では働いていなかった、その真実を忘れて撮ろうと結子は思っているのだが、いざとなると喉の奥と胸の間に異物があるような、嫌な苦しさを感じてしまうのだ。

上川が目を輝かせ慣れた手つきで、桜色の練り切り餡を白の練り切り餡で包み始めた。その鮮やかな手つきを見ている内に、上川が嘘偽りのない本物の職人なのだ、と結子は心から思った。上川から伝わって来る、清廉さ、職人らしい説得力を味方にして、シャッターを切った。

最初に上川が作ったのは、涼しげな花を表現した、〝朝顔〟だった。上川は真剣な顔で手ぎわよく練り切り作りを続け、次は玉にした紫の練り切り餡の上に、餡をこし器で押し出してそぼろ状にした水色のきんとんを、潰れないように箸で細やかにちりばめて行った。それは今の季節に合った、〝紫陽花〟だった。

集中する顔つきの上川に「撮ります」と結子は声をかけた。

作業に没頭していた上川が、ふと結子の方を見た。その瞬間を逃さず、結子は写真に収めた。

結子たちが住む町では、晴れた日には遠景に立山連峰が望むことができる。夏になり、雪が少なくなった立山連峰は、黒々とした山塊が圧倒する姿を見せるようになる。夏の日差しが団地の空き広場の芝生の緑をまぶしく真っ白に輝かせていた。広場のベンチに座り、結子が一郎に上川のおもいで写眞を見せた。

額縁に入ったおもいで写眞の上川は、それまで見たこともない優しい顔をしていた。

「上川さん、ほんまいい顔しとっちゃ。ありがとな結子」

「お礼言われることじゃや……」結子は苦笑いした。

「この調子で100人のおもいで写眞展、絶対実現しような」

「……うん」結子は照れ臭そうに頷いた。

団地の空き広場には、さまざまな色合いの半袖シャツと帽子を身につけた老人たちが沢山集まっていた。その日、節子や千代ら老人たちが自ら企画して催すことになったゲートボール大会に、結子と一郎はTシャツ短パンで参加していた。いつも団地カフェに集まっているスミ、千恵子、朋子たち以外に、初めて見る、団地以外に住む町の老人たちが沢山集まっていた。そのメンバーに節子たちがおもいで写眞のピーアールをしてくれ、カメラマンの結子を紹介してくれた。初対面の老人たちは皆、おもいで写眞に興味を持ってくれ、結子はおもいで写眞をますます広めてくれた節子や千代たちにとても感謝した。おもいで写眞の話を終えると、皆は賑やかにおしゃべりしながらコートを囲み、順番にステンレスのスティックで数字の入った赤や白のボールを打ち始めた。結子と一郎はもう一度ベンチに座って老人たちを見守った。そうしていると、両手で風呂敷を抱えた美咲がやって来て結子たちの隣に座る。

「上川さんから、手作りなんやちゃ」

美咲が風呂敷を広げると、3段重ねの重箱が出て来る。中には上川が自分で丹誠込めて作った和菓子が入っていた。上川は結子たち、おもいで写眞の仕事に携わる人たちへ贈呈してくれたのだ。調理場は田中屋の女将が好意で使わせてくれ、重箱も貸してくれたということだった。

結子と一郎は期待して美咲に近づき、重箱を覗き込んだ。美咲がその蓋を開けると、重箱いっぱいに4種類の練り切りが並んでいた。4種類はそれぞれ春夏秋冬を表現したものだ。春は三角棒を使って細かく細工した、淡い色合いの桜の花びらに黄色いめしべを載せた〝春爛漫〟。夏は透明な寒天を上手く使い、流れる冷たい水の爽やかさを表した〝清流〟。秋は貼りぼかしという技法を使って色が変化していく様子を表現した〝紅葉〟。冬はきんとんで大地に霜が降りた様子を表した〝冬の朝〟だ。

「おぉー！　いいですか」と一郎が美咲に断り、〝清流〟を手に取り食べる。

結子も続いて〝紅葉〟をつまんで口に入れる。

「どう？」美咲が微笑みながら尋ねる。

「うまい」と嬉しそうに味わう一郎。

結子の食べた〝紅葉〟の中には小豆餡が入っていて上品な甘さがある。情緒のある繊細な細工で目を楽しませてくれた上に味も美味しいなんて、上川はやっぱり本物の和菓子職人なんだと、結子は〝紅葉〟を黙って味わいながら改めて思った。

結子が黙ったままなので、美咲が教えてくれる。

「上川さんね、結子ちゃんの撮影のおかげで、女将さんが腕前を褒めてくれて、時々だけだけど、田中屋で和菓子づくりを手伝うようになったがよ」

そう聞いて、結子は上川の写真を撮って良かったと思った。撮影の時抱いた違和感が、少しは薄れて行くような気持ちがしたからだ。でも、撮って良かったと素直に一郎と美咲に言うのがなんだか照れ臭くて、わざと愛想なく言った。

「美味しいのは本当……か……」

いつもと変わらない不愉快そうな口調の結子を見て、素直じゃないな、と一郎は目尻を下げて微笑んだ。美咲も同じように感じたのか、思わず吹き出して笑った。

その日、結子と一郎もゼッケンを付けて、老人たちに交じってゲートボールをした。一郎は打ったボールをゲートに通すのに苦戦したが、結子はこの手のゲームが昔から得意で、ゲートを次から次へ通過させて得点を上げ、チームメイトの老人たちからとても喜ばれた。

昨日のゲートボールに参加していなかった和子のことが、結子は心配でならなかった。その後、怪我の具合と調子はどうなのだろうと思い、和子の部屋を訪ねることにした。怪我をしていては料理するのは大変なのではと思い、大和百貨店まで行って、栄養バランスが考えられた高齢者向けの魚や肉のレトルト食品、桃とメロンを買ってお見舞い用にした。それから、この前のように格好悪いからと、ドアを開けてくれない可能性もあると思い、和子宛に手紙を書いた。手紙は大和百貨店で買った百日紅《さるすべり》をあしらった和紙の封筒に入れて、和子の家を訪ねた。

大和百貨店の手提げ袋を持って33号棟4階3号室の前まで来ると、結子はドアチャイムを少し緊張ぎみに押した。

しばらく待つがドアの向こうから返事はない。和子はいないようだ。

結子は持って来たお見舞いの品をどうしても渡したいと思い、和子が帰宅したら気付いてくれるだろうと考え、大和百貨店の手提げ袋を玄関のドアノブに掛けた。そして「和子さんへ」と宛名を書いた手紙を手提げ袋に入れた。

結子は和子に何もしてあげられなくて、腑甲斐なく感じた。

和子の部屋のある階段室は夏にもかかわらず、ひんやりと寂しかった。


和子の家を訪ねた後、結子はこのところ取り組んでいる、団地居住地図で△印の付いた、住人が住んでいる可能性がありそうな部屋を訪ねて回った。

中地区を回り終えて南地区に向かっていると、団地の南入口の辺りで、一郎が美咲と何か話しているのが偶然目に入る。声までは聞こえないので内容は分からないが、何か深刻そうに話しているように結子には思えた。頭を下げる一郎に、美咲が困って怒っているように見える。

「じゃあ、なんで？　三上さんに何て言えばいいがけ？」

「すみません。また」と一郎は平身低頭して詫びると足早に去って行く。

美咲は気が立っているようで、強く短く溜息を吐くと、一郎の後ろ姿を不満げな目で追っていた。

結子は気になって美咲に駆け寄って声をかけた。

「何かあったんですか？」

「ああ……歩きながらでいいけ？」

美咲は腕時計を見ると、自転車を押しながら渋りがちに話し始めた。

「星野くんの、東京行きの話」

「え？」結子は驚いた。

「ごめん。知らんかった？」

「はい……」結子の顔色が一気に曇る。

仕方がないかという感じで、美咲は結子を見てから話を続ける。

「まいっか……実は結子ちゃんがこっちに帰って来るちょっこし前に、私が東京にいた頃に知り合ったデザイン会社の社長さんを、星野くんに紹介したがよ。星野くん前から東京に行きたい、言うとったから……」

結子には寝耳に水で、思わず目を見張って美咲を見た。

「幸い、社長が星野くんを気に入ってくれて、秋から上京して就職することで、話が進んどったんやけど、さっき急に保留にしたいって言い出して……」

「保留……」

「やっぱり止めますって、ちゃんと断ってくれれば、私も構わんがいけど。保留にされんが一番困るがいちゃね」

結子は、一郎がこの町からいなくなるなんて考えてもいなかった。だから保留と聞いても、いなくなるという話自体が、結子にとって心がばらばらになるような強い衝撃だった。

「あ、私あっちやから、じゃあ」と美咲はもう一度時計を見て、慌ただしく立ち去った。

「あ、はい……」と動揺した顔を隠しもせず、結子は弱々しく返事をした。

その後は、団地を訪ねて回っても、結子は身体に力が入らないような状態が続いて仕事にならなかった。日が暮れたので、料理でもして気を紛らわそうと考えて、途中でスーパーに立ち寄り食材を買い、家に帰ると台所に立った。

結子は夕食の準備をするべく包丁で野菜を切り始めるが、いつのまにかまた、一郎がいなくなる話が頭の中を占領してしまう。気が付くと人差し指に痛みが走っていた。

「痛っ」

包丁で指先を切ってしまったのだ。結子は切った指先を口に含み、急いで絆創膏を捜した。切っていない方の片手だけで、救急箱から絆創膏の箱を出してテーブルの上に置くと、テーブルに出しっぱなしにしていた、プリントされたゲートボール大会の写真に目が行った。結子がゲートボール大会中の皆を追って、何枚もスナップ写真を撮ったのだ。その写真の束の一番上にそれはあった。何気なく撮影した一郎の写真だ。

その写真を手に取り、結子は思わず見つめてしまった。

そこにはゲートにボールを通して皆に拍手され、ガッツポーズをしている一郎の晴れやかな顔がクローズアップで写っていた。

結子はその一郎の表情をじっと見つめると、目が離せなくなった。

結子は今まで近くにいたから分からなかったが、いなくなると聞いて初めて、自分の中に本当はずっとあった感情に気が付いた。

「……そっか。そうなのか、私……」

第4章　悔い

空にインクの染みが広がって行くように青白い夜明けの光が広がり、海の色に溶け込んで行った。群青色が海と空の境界線を曖昧にして行く頃、雪見町の近くにある魚市場は少しずつ活気を取り戻し始める。

結子はセリに出すために並べた、魚と氷が入ったトロ箱を台車に固定した。額に汗が滲んできたが、拭おうともせず、台車に付いたアームに力をかける。結子はすっかり慣れた手付きで、要領よく仕事を続けた。そんな風に仕事に没頭するのが心地よいと感じるようになった自分に、ふと気が付いて結子は少し驚いた。

「お疲れ様でした」と結子は魚市場の玄関からいつものように外に出た。タイミング良く鞄の中でスマホが鳴る。手に取り、液晶を見ると一郎からだ。

結子は自分でもよく分からない内に動揺してしまい、電話に出るかどうか迷ってしまう。コールは鳴り続け、止みそうになかったので、結子は仕方なく思い切って電話に出た。

「はい」

「あ、結子。おもいで写眞の申し込み、1件入った！　樫井さんの紹介で……」

結子は動揺していない振りをしようとして、逆に普段とは違う態度になってしまい、言葉が出て来ない。

一郎は雪見町役場の生活課に早くから出勤して、電話をかけてくれていた。こちらから積極的に誘ってはいない老人から、おもいで写眞の依頼があったのは久しぶりだったので、結子が喜ぶと思って早朝にもかかわらず電話をして来たのだ。

結子の反応が薄いので聞こえなかったのか、と一郎は思い、スマホに向かって話しかけた。

「……結子？　聞いとる？」

「うん……うん、聞いとるよ」結子はたどたどしく答える。

「46号棟2階の1号室、柏葉《かしわば》さん。できれば今日来て欲しいって」

「あ、分かった。じゃあね……」

結子は思わず早々に電話を切ってしまった。

電話が呆気なく切れてしまい、結子の喜ぶ声が聞けなかったので、一郎は拍子抜けしてしまった。それに結子の電話中の態度が何だかぎこちなかったので、不思議に思って首を捻った。

電話を終えると結子は眉を寄せて苦々しい顔になり、長い溜息を吐いた。

結子はどうしても一郎の東京行きの件が気にかかって心が落ち着かなかった。でもそれよりも、今一番大切なのは、おもいで写眞を撮ること、それに集中すること。そして100人のおもいで写眞を撮る目標を達成すること――と自分にもう一度言い聞かせようと結子は思った。だから「しっかりしろ、自分」と念じて、結子は頰を両手で叩いて気合を入れた。

46号棟の階段室を結子は上がった。象牙色と枯草色のふたつの色に塗り分けられた壁のおかげで、普通は暗い印象のはずの階段室が少し清々しく見えた。

2階まで来ると1号室の枯草色のドアの横にある大きめなチャイムを押した。この団地のドアチャイムは、取り付けられた年代がそれぞれ違うのか、それとも壊れるなどして、それぞれの家が新しいものを自分で取り付けたのか、理由は分からないが、形や音色が家ごとで微妙に違っている。この2階1号室のチャイムはどの家のチャイムよりも音色がかわいらしいと結子は思った。

「柏葉さん、こんにちは。おもいで写眞を撮りに伺いました」

結子の呼びかけから少し経ってからドアが開いた。白髪をオールバックにして、白い口髭とあご鬚を生やした柏葉が出て来る。目の前の柏葉は、少し前に団地の道で結子が手話の練習をしながら歩いている時に、声をかけてくれた杖をついた老人だと、結子は思い出した。

「あ、あの時の、手話の」

75歳の柏葉雅俊《まさとし》が結子に微笑み、頷いた。

柏葉をラシーンの後部座席に乗せて結子は走った。

柏葉がおもいで写眞を撮りたい場所は北丘《きたおか》町にあるらしく、団地から車で2時間以上はかかる距離だったが、「日帰り県内、無料で車でお連れします」とおもいで写眞のチラシにも書いていたので、結子は快くそこまで連れて行くことにした。

柏葉は久しぶりに車に乗ったようで、結子が運転を始めると、暫くの間、窓に身体を向けて座ってしきりと窓外の景色を見ていた。

「北丘町に向かえばいいんですよね」

結子が声をかけると、やっとこちらを向いてくれた。

「ああ、昔おった写真館の前で撮って欲しいが」

「写真館ですか」

元写真館に住んでいる自分が、別の写真館で写真を撮るなんて、思いがけない不思議な巡り合わせだな、と結子は思った。

「女房が女だてらにカメラマンをしとってね、事情があって別々に暮らしとんがやけど、最近、俺も病気してね」

「そうですか」

「愛する女房の店で写真を撮るなんて、いいやろ」

「……素敵ですね」

柏葉に言わせれば、自分も女だてらなんだろうな、と結子は思ったが、柏葉が気分良く写真に収まるように努めたかったし、柏葉が奥さん思いの人だと分かったので、そのことは脇に置いておくことにした。

山あいの地域をいくつか越えてしばらく走ると、レトロな昔風のアーケードの続く商店街が見えて来る。

「あ、あの信号を左に曲がった右側の3軒目なが」と柏葉が身体を乗り出す。

柏葉の指示で車を左折させ、しばらく直進して行くが、写真館らしき建物は見えてこない。結子は不思議に思いながら車を止めると、右側の丁度3軒目のスペースが更地になっているのが見えた。すると柏葉が杖をついて急いで車から降り、不自由な左足を引きずりながら、息荒く更地の方に向かった。

ロープで仕切られた雑草が生い茂る更地の真ん中には立て看板があり、「売地」の文字と汚れて見えなくなった不動産会社らしき名前が書いてある。柏葉は更地の中まで入ると、苦しそうに続けて息を吸い、顔を青くした。そして茫然自失したかのように動かなくなった。

結子も車から降り、遅れて更地の前まで来て尋ねた。「ここですか?」

結子にそう言われると、柏葉はうろたえて、迷子のような顔で結子を見てから、不自由な左足を引きずって、落ち着きなく杖をついて歩き出した。

柏葉は隣の家の玄関まで行くと焦ってドアチャイムを二度鳴らすが、家の中から返事はなかった。柏葉は荒い息でドアを叩いて、もう一度ドアチャイムを鳴らしてみるが、反応はやはり全くなかった。柏葉は力が抜けたように隣家の玄関前の壁に背中をあずけると、大きく溜息を吐いてそのまま動かなくなった。

るしかなかった。
結子は心配になったが、何と声をかけていいか分からず、更地の前で黙って見てい
少しすると、柏葉はやるかたなく、結子の近くに戻って来て更地の前に座り込むと、
じっと何もない土地を見つめた。
結子はそんな柏葉の姿を見て、柏葉が見つめる先には、行きたかった奥さんの店、
写真館が本当にあったのだろうと思った。ただ今はもう写真館は跡形もなく消え、夏
風が更地に生い茂る雑草をかすかに揺らして通り過ぎるだけだった。
「あれ、柏葉さんじゃないが、あんた、今までどこにおったんよ」
通りかかった藍染の作務衣の男が突然、柏葉に声をかけて来た。
柏葉が驚いて声の方を見ると、見覚えのある顔の男がいた。「ああ、あんた」
「向かいの倉田《くらた》だよ。え、奥さん心配しとったんに、何があった？」
麦わら風の中折れ帽子を被った丸メガネの老齢の男、倉田が、持っていた扇子で近
くの店を指し示して言う。店の入口には「きもの乃店くらた」と看板が見える。
柏葉は上手く口が回らず、おぼつかない様子で更地を力なく指差した。
更地を見てから倉田が言う。「あぁ、奥さんね、一人で商売続けながら、あんたを

待っとったんよ」

「俺を待っとった」

「そうだよ」

「でも、何もなくなって」

「あぁ、いつだったかな……ある日、突然店を閉じちゃってさ、それでほれ、奥さんの弟がみんな処分して、土地も売っぱらって……まぁとにかく、その弟さんと連絡してみられよ」

「弟……」呟くと、柏葉は混乱してうろたえ、俯いた。

「うん、うん」と倉田は気の毒そうな顔で自分の店の方に立ち去って行く。

結子は思わず倉田を追いかけて呼び止めた。「あ、すみません」

「うん？」倉田は振り返ってくれた。

「私、役場の仕事で、柏葉さんとご一緒してるんですけど、事情を教えていただけませんか」

「そんな昔のことだよ」と、話すのが嫌なのか倉田は自分の店に入ろうとした。

「教えてください」結子は倉田の腕を強く摑んで必死に引き止めた。

倉田は結子のとても真剣な様子に、仕方なく柏葉の方を気にするように一瞥すると、声を潜めて言った。

「あの人、奥さん置いて女の人といなくなっちゃったんだよ。まぁウチのと奥さんが仲よかったんでね……8年だよ。8年間一度も連絡せんかったんだから。奥さんはずっと待っとったんに……」

倉田は言い終えると、早々に引き戸を開けて自分の店に入ってしまった。

結子は言葉を失った。結子の腹の底からだんだんと言いようのない憤りが湧いて来る。結子は更地の前に立つ柏葉だけを見つめて、肩を怒らせて大股で歩いて行った。そして柏葉に詰め寄ると尋ねた。

「女性といなくなったって、本当ですか」

それまで更地を寂しそうに見つめていた柏葉が、ゆっくり結子の方を見る。答える気がないのか、黙ったままの柏葉の結子への眼差しは力なく、うつろで漫然としていた。

結子は身体が熱くなるほど腹が立ち、胸の癇癪玉が破裂した。柏葉を突き刺すように睨み付けてから嫌悪感をあらわにして顔を背けると、急いでラシーンに駆け寄り、運転席に座って急いでエンジンをかけた。柏葉は車の前に棒のように突っ立ったまま動こうとしなかった。それを見た結子は怒りで震えてしまい、クラクションを思い切り強く叩いた。耳をつんざくような大きな音がした。柏葉はゆっくりと車の前を離れ、車が通れるようにやっと道を譲った。

結子は車を荒々しく発進させた。柏葉を置き去りにしたまま、雪見町に向けて走り去った。

一郎は結子に会うために雪見町の石畳を急いで走った。今日の朝、一郎が役場に出勤してすぐ、結子が柏葉を置き去りにして帰ったことを美咲から電話で聞いて、思いも寄らない出来事にひどく慌ててしまった。美咲は丁度、昨日の遅い時間にソーシャルワーカーの仕事で柏葉を訪ねたのだ。今まで交流がなかった柏葉に何らかの支援を行うためだ。そこで柏葉から直接、結子との昨日の事の顚末を聞いたのだ。結子がどうしてそんなことをしたのか、一郎は結子に直接会ってちゃんと事情を聞きたかった。一郎は電話をくれた美咲に、今回の件については誰にも言わないで欲しいと頼み、血相を変えて役場を飛び出して結子の家に向かったのだった。

一郎が急いで来て、写真館の入口ドアを開けようとするが、鍵がかかっていて開かない。仕方なくドアのガラス戸を叩いて、中にいるはずの結子を呼んだ。

「結子！　柏葉さん、置き去りにして帰ったんやって！　駄目やちゃ、なんでそんな！」

起きぬけなのか、部屋着のままの結子がドアの鍵を開けて顔を出すと、眉をひそめて噛み付かんばかりに言った。

「あの人、酷すぎる。女と失踪して8年も連絡しないで……愛する女房の店で、なんて、全くの嘘！」

「それは酷いけど、置き去りなんてな。そういう相手でも仕事やろ」

「……仕事って……あんたみたいな中途半端な保留男に、とやかく言われたくない」

「保留ってなんけ？」

「うるさい。もういいから帰って！」

結子の顔はみるみる火の玉のように赤くなり、一郎の胸元を手で押して突き飛ばし、玄関ポーチの外に追い出すと、ものすごい剣幕で玄関のドアを閉めてしまった。

一郎は勢いで二歩ほど後ずさり、写真館の表で立ち尽くした。自分が思っていた結子との距離は、今、後ずさった二歩どころか、四歩も五歩も離れてしまっているように思えて、大きな無力感に支配された。

その日一日、結子は家に引きこもって過ごした。夜になってもむしゃくしゃする思いが消えず、コンビニに出かけてお酒やつまみなど適当に買い揃えると、夕食がわりに飲み始めた。ついつい飲みすぎ、結子は居間のちゃぶ台につっぷして眠ってしまった。翌朝９時頃になって結子のスマホが鳴り響いた。つまみで食べていたポリンキーめんたいあじやミックスナッツが散乱する飲み散らかしたテーブルの上で、結子は無理やり眠りを破られた。靄がかかったような朦朧とする頭で音のするスマホを探り、おぼつかない手で摑み取って何とかスマホの画面を見ると、星野一郎の名前が表示されている。

「ちっ」と舌打ちして、液晶画面を下にしてテーブルに乱暴に置くと、結子はもう一度まどろみの中に戻った。

しかし、すぐにメール着信音が響く。結子はうんざりしながらもう一度スマホを摑んで画面を見た。

「一郎です。山岸和子さんの家に至急来てください」とメッセージが表示されている。

結子は冷たい氷水を頭から浴びせられたように目が覚めた。急いで机の横に放ってあったパーカーを乱暴に摑むと、外に向かった。

山岸和子の住む33号棟へ続く、団地の中の道を懸命に結子は走った。和子に何かあったに違いない。心配が心に重くのしかかって来た。それを振り払うかのように一心に足を動かした。

33号棟の角を曲がると、和子の部屋に続く階段室の1階、壁が檸檬色に塗られた入口前に白いコンパクトカーが止まっており、その前に一郎と美咲、そして千代と節子までも集まっている。みんな心配げに立ち尽くしていた。結子は肩で息をしながら、皆のところへ近づいた。

「和子さんは？」

「術後が思ったより大変で……」

役場から駆けつけたスーツ姿の一郎が顔を歪めて苦しげに教えてくれる。

和子は掃除中に転んで腕をぶつけた、と美咲に話していたが、高齢者はちょっと転倒しただけで、骨が弱くなっているせいで骨折してしまい、手術が必要になって寝たきりになる人もいる。実は和子も骨折して手術を受けていたのだ。術後は腕の痛みに悩まされたせいで、家にこもり動かない生活を続けるうちに、体力や筋力がめっきり落ちてしまっていたということだった。

「息子さんが住んどられる金沢にある、老人ホームに入るがいと、今、息子さんが……」

と一郎が辛そうに、結子に教えてくれた。

その時丁度、和子が旅行鞄を持った息子に付き添われ、階段を降りて来るのが見えた。右腕をアームホルダーで吊っており、足取りが以前より少し頼りない。そんな和子を見て、結子は動転してしまい、凍りついたように固まった。

「どうも……」と和子は入口近くにいた節子と千代に頭を下げて挨拶し、息子の白い車に頼りない足取りのまま向かう。

「和子さん」結子は何とか和子の名前を口にして、引き止めた。

「結子ちゃん……こないだはどうも。お手紙と差し入れ、嬉しかったよ」と少しやつれた顔だが、優しく和子が微笑んでくれる。

「和子さん。私、和子さんのおかげで……」

結子は和子への感謝や申し訳ない気持ち、いろんな思いが次から次へと湧いて来て、言葉が出なくなる。そして瞳に涙が勝手に溢れて来た。

結子が気持ちを言葉にできなくても、和子はちゃんと全て分かっていて、あなたの気持ちはしっかり受け止めたよと、まるで言うかのように、二度頷いてから言った。

「結子ちゃん……ありがとう。あんな素敵なおもいで写眞、撮ってもらって……本当に何にも、悔いはないちゃ……」

和子は結子を包み込むように穏やかに微笑んだ。それを見た結子の目から涙が次から次へと流れて落ちた。

車に荷物を入れ終えた和子の息子が「母さん」と声をかけて呼んだ。出発するのだ。

「また会おうね」

「無理せんでね」

千代と節子が寂しく、しおれた声をかける。和子は頭を下げると車の助手席に座った。

みんなが見守る中、和子を乗せて息子の白い車は発進した。

美咲と一郎も胸が痛かった。けれど、どうしようもなく、物悲しそうに手を振るしかなかった。結子は胸が張り裂けそうで辛くて苦しかったが、奥歯を噛み絞めて和子を見送った。

いつのまにか随分と日が長くなっていたんだな。

暮れなずむ夕方の弱い日の光の中で結子は思った。写真館の窓から差し込んだ光は待合のソファーに座る結子をぼんやりと照らしていた。結子は入口のショーウインドーに飾ってあった和子のおもいで写眞を手に持って、裸足《はだし》でソファーに仰向けに寝転んだ。結子は改めてその和子の写真を見た。赤い修繕糸のロールを持って和子が嬉しそうに微笑みかけて来る。結子は沈んだ気分の中を行く当てもなく漂っていた。漂いながら、まるで下へ、下へ、どこまでも沈んで行くようだった。

急にスマホが鳴ったので結子は驚いて我に返った。液晶に美咲と表示が出ていた。さっき会ったばかりなのに何だろうと思い、電話に出た。

「もしもし結子ちゃん、美咲やけど、柏葉さん行方不明でみんなで捜索しとんがいちゃ。結子ちゃんも助けてくれんけ？」

「えっ……」

「あの後、足の調子が悪化して、医者から出歩かんよう言われとったがに……」

美咲の慌てて早口でしゃべる様子から、かなり焦って困っていることが伝わって来た。


日は既にすっかり暮れていた。高瀬《たかせ》川はこの町を通って富山湾に向かい流れ続けている一級河川だ。防波堤のあるこの川沿いに消防車が2台止まり、何人ものレスキュー隊員たちや法被を着た消防団員たちが、懐中電灯を手に柏葉の名前を呼びながら捜索をしていた。

「柏葉さん」

一郎と美咲も、柏葉の名を大声で呼びながら川沿いの道路を捜索している。二人の後ろには千代、節子、スミが同じように柏葉の名前を呼びながら続いていた。

高瀬川にかかる二車線道路のコンクリート橋である弁天《べんてん》橋の歩道を、のろのろと結子が歩いて行く。柏葉を捜す人々の声が聞こえて来て、結子は声のする方を見て思わず立ち止まった。みんな柏葉を心配し、どうしても助けたいと必死に捜している。柏葉を助けるために自分も何か協力しなくては、結子はそう思ってやって来た。でも

――。

あんな風に皆のように必死な気持ちには自分はなれない。結子は柏葉に対するわだかまりがどうしても消えなかった。迷いに迷った末、結子は振り返り、重い足どりで元来た道を戻り始めてしまった。

夜の「さまのこ」の街並みが続く道は、まばらに立つ街灯が照らす光が白い石畳に反射して、他のアスファルト道路と比べると随分と明るく感じられ、視界が良くて歩きやすい。一郎は街並みの外れにある結子の家を急いで訪ねた。結子と直接会って話がしたかったからだ。おとさら寫眞館の前まで来ると、入口にある玄関灯の明かりは消えていた。仕方なく玄関ドアのガラス越しに、家の奥の方を覗いてみることにした。写真館の店舗と奥の住居を分ける、ガラスの入った額入り障子から、居間の室内灯がほんのり点いているのが見えた。結子が在宅しているに違いないと思い、一郎はドアチャイムを押して声をかけた。

「結子、おんがやろ」

しかし返事はなく、中に人の気配は感じられなかった。それでも一郎は中に向けて、声を大きくして言った。

「柏葉さん、見つかった。奥さんの弟の電話番号が分からんかったから、月光《つきみつ》町の弟さんの家に直接行こうとして、それで途中で転んで動けんくなっとったがよ。通りがかりの人に助けられて、今は無事や……結子、開けろ！」

しばらくして写真館の中に人の気配がして、入口ドアがゆっくり開き、沈んだ表情の結子が俯いたまま出て来た。

一郎はすぐに自分の後ろの方を振り向き、目配せして頷いた。一郎の後ろの方には役場の車が止まっており、その前には美咲と、美咲に身体を支えられた柏葉がいた。一郎は結子に柏葉の無事を知らせたかったのはもちろんだが、まずは柏葉が直接結子に話をしたがったので、役場の車に乗せて連れて来たのだ。

美咲に支えられ、杖をついた柏葉が足を引きずりながら、こっちに近づいて来るのが見えた。結子は柏葉の姿に動揺して、思わず目をそらした。柏葉を置き去りにして、そして捜索にも協力しなかった後ろめたさと罪悪感を覚えていたからだ。結子は俯きがちなままだが、それでもなんとか、呟くようにして柏葉に言った。

「そんな足で、どうして……」

結子に近づくために、柏葉が何とか自分の力で、おぼつかない足取りだが歩いて来る。

「どうしても、女房の美月《みつき》に謝りたかったが」

「……謝りたいなんて……信じられんわ」

「本当だ、悔いが、悔いが残ったんじゃ、やりきれん」

悔い——という言葉に結子は思わず柏葉を見た。結子は思い出した。それはまるで祖母のように優しかった山岸和子が別れ際にかけてくれた「あんな素敵なおもいで写眞、撮ってもらって……本当に何にも、悔いはないちゃ」という言葉だ。

結子は呟くようにもう一度、自分の口に出して言ってみた。

「悔い……」

「頼む。もう一度、一緒に行ってくれんけ」

結子は柏葉の顔をまじまじと見た。柏葉がすがるような目で懇願してくる。

「もし、もし美月が許してくれたら……、一緒に写真を撮って欲しいが……」

柏葉に平身低頭で頼まれ、結子は止むを得ず、承知するしかなかった。だが唯ひとつ、柏葉に条件を出した。

「奥さんに、謝りに行くんなら」

「ありがとう」柏葉は安堵した顔を見せ、結子にもう一度頭を下げた。

結子が柏葉の頼みを受け入れてくれ、美咲と一郎はほっとして顔を見合わせた。


時折遠くでカモメが鳴く声が聞こえて来るだけで、波の音も風の音も聞こえなかった。結子は海沿いの道路に止めたラシーンに寄りかかって、凪の海をぼんやり見つめていた。結子がやって来たこの月光町は、昔から漁業で繁栄した町で、海沿いには敷地の大きな古い木造の邸宅がずらりと並んでいた。特に富山湾の中心部に位置するこの地域で、冬場に水揚げされる寒ブリは脂ののりが格段に違い、この港は寒ブリ漁の聖地とまで言われている。

軋むような木戸が開く音がした。結子がそちらを見ると、大きな敷地の奥、趣のある邸宅から柏葉が出て来たところだった。杖をついて足を引きずりながら、小脇に何か箱のようなものを抱えて歩いて来る。

結子の近くまで来ると、柏葉が悲壮な顔で吐き捨てるように言った。

「美月……死んどった」

結子は驚いて息を飲んだ。

「こんな物、渡されて、墓の場所は教えるから二度とこの家には来るなって」

柏葉は小脇に抱えていた箱を手に取り、結子に見せた。古く少し錆びたクッキー缶だった。柏葉は悲しみと怒りにまかせ、クッキー缶を道路のアスファルトに叩きつけた。スチール製のクッキー缶は、乾いた寂しげな音を響かせると、すぐに黙り込んだ。

静寂の中で、結子も言葉が出なかった。

柏葉は苦しそうに、次第に息が乱れ始め、杖で支えながら膝をつくと、道路に力なく崩れ落ちた。

「写真撮れねーな……謝ることも……できねえや」

柏葉は道路に座り込んでしまうと、空気の抜けた風船のようにすっかりしおれた顔で結子を見て、身を震わしてむせび泣いた。

「バチが当たったがやちゃ。自業自得やちゃ……」

柏葉の言葉は、悲しみのせいか段々と弱々しくなり、耳に届いて来なくなる。

柏葉は自分をとても恥じていて、後悔の気持ちでいっぱいなんだと、結子は思った。

だから結子は柏葉に近づき、柏葉の肩を支え、立ち上がらせようとした。写真は撮れなかったけど、せめて柏葉に謝らせてあげようと思ったのだ。

「奥さんのお墓、行きましょう」

柏葉はふと力なく顔を上げ、結子の顔を見た。

柏葉の妻の墓は富山湾と月光町が見下ろせる高台の霊園にあった。結子は柏葉を何とか車に乗せて、霊園まで連れて来た後、お墓参りを手伝った。柏葉は結子に助けられながら墓前に花を供え、お線香をあげた。お線香の火を見つめている内に結子は思い出した。火のついたお線香から立ち上る煙が、あの世とこの世をつなぐ橋渡しになるという話を。「煙を通じて仏様と心をつなげ、お話をするんだよ」と祖母が言っていたのだ。

柏葉は足が悪いためしゃがむことができなかったので、墓前であぐらをかいて座り、背筋を真っ直ぐに伸ばして改まると神妙な顔で手を合わせてこうべを垂れた。やがて、お線香の煙がふわりと風に乗り、柏葉の身体に届いた。煙が亡くなった奥さんと柏葉をつないでくれたのだと結子は思った。柏葉が奥さんに謝っている姿を見届けてから、結子は柏葉の奥さんのお墓に手を合わせた。

夕方が近づいて来ると、日中の暑さが和らぎ、風が少し出て来た。団地の46号棟の前に結子の運転するラシーンが帰って来る。柏葉が住む、その棟の階段に座って二人の帰りを待っていた美咲は、ラシーンが近づくと小走りに来て、停車するのを待ってから後部座席のドアを開けた。

「大丈夫ですか？」と美咲が優しく柏葉に声をかける。

柏葉はふさぎ込んだ様子で、クッキー缶を持って車から降りると、車のルーフに手を突いて憂鬱そうにうめき声をあげ、うな垂れて動かなくなってしまう。結子は運転席から出て来て、柏葉と面と向かえるところまで歩いて来たが、それ以上は近づけなかった。柏葉の奥さんのお墓に行ってから後、柏葉は後部座席ですっかり黙り込んだままで、結子も話しかけることができず、何ともしようがなかった。

柏葉と結子の様子を見て美咲は察したのか、柏葉を宥めるように背をさすってから腕を取って優しく言った。

「柏葉さん、行くけ？」

柏葉は返事の代わりに絞り出すように息を吐いたので、美咲は柏葉の腕と腰に手を添え、歩くように促した。柏葉は美咲に付き添われて一緒に歩き出し、自分の部屋への階段を上り始めた。しかし、途中で段を踏み外して転びそうになる。とっさに美咲が柏葉を強く支えてバランスをとってくれたおかげで、柏葉は息荒く苦しみながらも、なんとか1階への階段を上りきることができた。結子は相変わらずただ棒立ちで見ている他に何もできなかった。

柏葉が急に思い出したように振り返り、結子に言った。

「なあ。美月は本当に、俺を待っとってくれたんかな?」

結子は少しの間、自分の呼吸が止まったのかと思った。柏葉にそう言われて、柏葉を助けたいという気持ちが結子の中には生まれた。けれど、待っていたのが本当かどうか分からないのに、待っていたとは言えない——嘘になるかもしれない言葉はどうしても言えなかった。結子の口は重たいまま開くことはなかった。

結子が黙ったままなので、柏葉は消沈したように深い溜息を吐くと、悲しみに打ちひしがれた顔でクッキー缶を持ち直し、美咲に伴われて自分の部屋への階段を更に上って行った。

結子は柏葉が立ち去った方を黙って見つめ続けた。停車したままのラシーンのエンジンの音が、結子の心に小刻みな振動で伝わって来た。それは結子の動揺を知っているかのように同じリズムで結子の心を揺さぶるのだった。

その日の夜、一郎は仕事帰りにいつものように結子の暮らす写真館を訪ねた。玄関のドアノブを回すと、鍵はかかっていなかったので、当たり前のように玄関ドアを開けて、奥に声をかけた。

「結子、おるー？」

一郎は結子の返事を待たずに写真館の中に入った。

結子は、祖母の写真のある居間の仏壇の前で寝転んで、天井を見上げて考え事をしていた。一郎が居間に来たのを一瞬だけ見て、結子は不機嫌そうに顔を背けた。

東京に行ってしまうかもしれないのに――でも一郎は自分には何も言ってくれない。保留にしたままハッキリ決めない一郎に対して、結子はわだかまった気持ちのままだった。

一郎は手に持って来た青い包装紙の包みをテーブルに置き、背負っていたリュックを下ろして結子の隣に座ると言った。

「聞いたちゃ……柏葉さんのこと。結子はよくやったと思うよ」

そう褒められても、憂鬱な気持ちは消えない。結子は魚のように口をとがらせて顔をしかめた。

「元気出されま！」

一郎はいつも違和感なく私との距離をいつのまにか縮めて来る。一郎のこの感じを私はやっぱり嫌いではない――と結子は思った。だから本音を言うため、息を大きく吸って、勢いを付けてから言った。

「奥さん亡くなったって知って、落ち込んどる柏葉さん見とると、本当に奥さんに謝りたかったんだなって、思うんだよね」

一郎は頷くと、結子の目を見つめて微笑み、結子が話しやすい雰囲気を作ってくれる。

「でもあの人が奥さん捨てたんも事実だし……」

「奥さんを捨てたも本当、謝りたかったも本当……どっちも本当でいいがじゃないけ？」

両方とも本当――結子には新鮮な意見、意外な考え方だった。微笑んだまま変わらず自分を見つめてくれる一郎の意見を、結子は受け入れたい気持ちになったが、いつもの意固地な性分が邪魔をしてやっぱり素直になれず、話題を変えようとして一郎の持って来た青い包みを指差した。

「……これ、何持って来たん？」

「差し入れ……好きやろ、鯛焼き」

結子は包みを手に取り、包装紙に印刷された文字を読んでみる。

「田中屋？　何で田舎屋じゃないが？」言いながらも結子は包装を乱暴に開ける。

「鯛焼きと言えば田中屋やろ」

「鯛焼きと言えば田舎屋でしょう、田舎屋」と袋から鯛焼きを一つ手に取る。

「なに言っとるが、鯛焼きは……あ」

結子は鯛焼きを頭からかぶりついた。パリッとした皮が心地よい硬さで、餡が甘くて美味いな、とよくよく味わってから「なに？」と聞いた。

「高校ん時、待ち合わせしたよな？　俺たち。鯛焼きの美味しい店の前で」

「したよ、田舎屋の前でね。あんたが携帯忘れるから何時間も待って。しかも後で、俺はちゃんと店の前で待っとった、って嘘つかれてさ……」

結子は今更そんなこと、蒸し返さないでよと思い、仏頂面になった。

「やから嘘やないちゃ！　俺は、田中屋で待っとったよ！　田中屋」

「は？……それって……」

「……そういうこと」

一郎に罪はなかったのだ。

結子にとっては大きな事件だった。高校時代、一郎との初めてのデートで、約束をすっぽかされた上に、結子がとにかく嫌いで、一番許せない嘘までつかれたのだ。あの時は興奮して怒りが吹き上がり、一郎への好意は一瞬で跡形もなく消えた。それで結子は一郎とは付き合わず終わったのだ。けれどあの事件が二人の勘違いだと10年以上経った、今、分かり、狐につままれたような気持ちになった。一郎は嘘をついていなかったし、本当は一郎と私は終わってはいなかった——と考えると、結子は嬉しい気持ちもあったが、同時にひどく苦しく、まるで手に取ることができたものが、触れることもできなくなったような喪失感を覚えた。地元に戻って暮らす内に気が付いた、自分の一郎への気持ちのことを自然と考えた。すると一郎の気持ちがひどく知りたくなった。一郎はどうして東京行きのことを言ってくれないのか、一郎は私のことを今、一体どう思っているのだろうと。

昔の喧嘩の原因が分かり、一郎は自然と笑い出していた。今なら自分の気持ちを伝えられるような気がした。それは結子とおもいで写眞を始めてから、改めて感じるようになった気持ちだ。

結子と一郎はそれぞれ決心を固め、躊躇いを振り切り話そうとした。

「あのさ」

「結子、俺……」

二人の声は重なった。間が悪く、二人同時に声をかけてしまったのだ。結子と一郎は神妙な面持ちで暫く見つめ合った。

「どうぞ」一郎は結子が先に話せるように、手を差し出して譲った。

「なに？」結子も先にどうぞ、と手を差し出した。

「いや、どうぞ」

一郎が有無を言わせないように強くもう一度譲るので、結子は仕方なく、一郎が本当に東京に行ってしまうのか、聞こうと思った。ただ一郎と目が合うと何故だか聞けなくなってしまい、また魚のように口をとがらせて首を振った。

「……ううん、なんでもない」

結子は不機嫌そうな顔になると、鯛焼きを立て続けに口に頬張った。

一郎は肩透かしを食ったようで、放心して口を開けた。


翌日、結子は青い包装紙に田中屋の文字が書かれた包みを持って、団地の中の道を歩いていた。途中で自然と立ち止まり、緊張した顔で見上げた先は、上部壁面にアラビア数字で46と書かれた棟だった。

46号棟2階1号室の前まで来ると、結子は一度、深呼吸をしてから枯草色のドアの横にある大きめなチャイムを押した。鉄製の入口ドアが開いて、部屋着姿の柏葉が顔を出す。柏葉は結子を見て、思いもよらない様子で目を丸くした。

結子はかしこまった態度で柏葉に田中屋の包みを渡した。

「差し入れの鯛焼きです……甘いのは大丈夫ですか?」

「あぁ、好きやよ……」と柏葉が包みを受け取り、手のひらで触る。まだ包みが温かいのに柏葉は少し驚いた。そして結子が自分を訪ねるためにわざわざ買いに行ったことを想像し、結子の心遣いを受け入れる気持ちになった。

「まだ温かいね……一緒にどうけ？」柏葉が家の中に招き入れてくれた。

「はい」

結子は素直に頭を下げると、靴を脱いで部屋に入った。柏葉の家は２Ｋの間取りだが、玄関から入って右側にある台所と、その隣の和室６畳の部屋の間にある襖が取り払ってあり、ダイニングキッチンとして使われていた。真ん中には二人がけのダイニングセットが置いてあり、柏葉は結子にダイニングチェアに座るよう勧めた。

「そっちへ、今、お茶淹れる」と言うと、柏葉は台所でお茶の用意を始めた。

結子は鞄をダイニングチェアに置いた拍子に、ダイニングテーブルの上にスチール製の四角い缶があるのに気が付く。それは昨日、柏葉が妻の実家で渡されたクッキー缶で、妻の美月が普段から小物入れとして使っていたようだ。元々はフランスの焼き菓子が入っていたのだろう、高さが7センチ、長さ20センチほどの缶の側面にはエッフェル塔やノートルダム大聖堂などパリの街の風景がセピア色でシックに描かれている。缶の蓋が開いていたので、結子は気になってつい見てしまう。缶から出したのであろう、傍には携帯用の小さなハサミ、常備薬、お守り、スケジュール帳とペン、指輪、鍵が置いてあった。

結子がふと見ると、缶の中にとある女性の写真が入ったままで置いてある。思わず缶から出して手に取り結子は見つめた。

大正時代の建物だろうか、壁は黒ずんでいるが、ひっかき溝を入れたスクラッチレンガで優雅に装飾され、丸窓には十字格子が付いている。その横には大きなガラスのショーウインドーがあり、その中には結婚式や百日祝いの写真がいくつも飾ってあるのが見える。これが柏葉の言っていた「女房の写真館」なのだろうと結子は思った。写真館の前には白いシャツを着て黒髪を後ろで束ねた女性が、右手を胸に当てて立っていた。

その時、柏葉が茶碗と急須を持って結子の前にやって来た。

「あっ、勝手にすみません」と結子は勝手に写真を見ていたのを謝罪した。

結子が慌てて写真を缶に戻すのを、柏葉は止めると、結子の手から写真を取り上げて写真を見つめた。

「いやいや、女房の美月やちゃ。この缶の中に入っとった」

「優しそうな人ですね」

「……この写真な、俺が家を出て行く前の日、急に撮ってくれって頼まれて……今思うが、俺が出て行くの、気付いとったんかもしれんな……」

柏葉の話によるとこの写真を撮った当時、柏葉の妻、美月の年齢は59歳ということだったが、写真の美月は随分と若く見えた。

結子が1枚目の写真をクッキー缶から取り出した時、その下にも同じ写真館の前で撮った、似たような写真があるのが見えていた。結子はそれが気になり、2枚目の写真を取り出して見ると、1枚目と2枚目は連続写真だった。背景のアングルや柏葉の妻の美月の服装は全く同じだが、美月の手と腕の位置、ポーズが違っている。そして更にその写真の下には、また似たような写真が入っていた。

同じような写真ばかりが残っているのを見て、柏葉が不思議そうな顔をしている。

「なんでこんな写真残して……他にもいっぱい、撮ったがに……」

結子は写真に気になる箇所があり、3枚目の写真も缶から取り出して見つめてみた。

3枚目の写真は、美月の手と腕の形と位置だけが2枚目ともまた違っている。

結子は暫く考えた後、尋ねた。「美月さん……手話できたんですよね？」

「ああ。ボランティアに参加するとか言って、一所懸命勉強しとった」

「ちょっと、すみません」

結子は柏葉が手に持っていた1枚目の写真を渡してもらうと、テーブルの上に置いた。そしてその横に2枚目と3枚目の写真を順番に並べた。３枚を並べて見るとよく分かった。３枚の連続写真は３枚とも手と腕の形と位置が違っている。１枚目の美月は右手を自分に向けている。２枚目の美月は右手の手のひらを上に向け、カメラの方に差し出しているように見える。そして3枚目の美月は右腕をまっすぐ立て、右手の4指の背を頬杖をつくようにあごの下に当てている。結子はあることに気が付いて目を見張った。３枚の写真は何かを伝えようとしているのだ。

「これ、手話で何て言っとるか分かります？」

「手話？　手話は分からんよ、さっぱり」柏葉はくだけた調子で笑った。

結子は写真の美月の手の形を順番に指差して、柏葉に見せながらゆっくり言った。

「……私は……あなたを……待ってます」

柏葉は急に顔色を変え愕然とした。信じられない物でも見るかのような顔で3枚の写真を見ると、手を震わせて黙ったままテーブルの写真に顔をゆっくり近づけて行く。

柏葉の息遣いが段々と大きくなって聞こえて来た。

エピローグ　子守唄

連日30度を超える暑い日が続いていた。今日も朝から快晴の真夏日で、まばゆい日差しが空から照りつけていたが、暑さに負けじと、沢山の人々が団地内にある団地カフェに入って行くのが見える。カフェの入口には大きな立て看板が飾ってあり、こう書かれていた。

「雪見町役場主催　おもいで写眞　写真展　ご自由にお入りください」

看板の上部と下部には、さまざまな表情をした老人たちのモノクロ写真がバランス良く配置され、見る人を和ませてくれていた。その看板の前を通り過ぎ、建物の中に入ると左手に受付があり、係の女性が写真を見る順路が書かれたリーフレットを渡してくれる。おもいで写眞がずらりと飾ってある展示用のパーテーションは、よく使われるライトグレイの無機的なものでなく、園芸用ウッドフェンスのラティスや木製イーゼルが使われていて、温かみが感じられるよう演出されていた。来場者が壁に沿って時計回りとは逆に移動しながら、壁にかけられた写真を見て行く構造で、100枚のおもいで写眞が順番に見られるのだ。カフェを上から俯瞰するとちょっとした迷路のようにも見える作りだ。展示会場の中央には椅子とテーブルがあって休憩ができ、その奥ではコーヒーやお茶などの飲み物がサービスされている。すでに沢山の老人たちが来場し、写真を見て自由に感想を言い合ったり、おしゃべりに興じ、笑い合ったりしていた。通常の美術展や写真展だと、おしゃべり禁止、静かに見て回るというのが基本的なルールだが、このおもいで写眞の写真展は「おしゃべりＯＫ、見た感想や気付いたことなど、何でも良いので言葉にしましょう。友人、家族と語り合いましょう」と受付で来場者に渡されるリーフレットに書いてあり、おしゃべりが推奨されていた。それは来場者にとにかく元気になってもらいたいと、結子と一郎が決めたことだった。

そんな会場の中、飾られたあるひとつのおもいで写眞の前で、結子と美咲は話していた。晴れの場ということもあり、結子はハーフアップの髪型で、白地に縦ボーダー柄のロングワンピース姿。美咲はいつものオフィスカジュアルとは違い、長い髪を下ろし、柔らかいシルエットのブラウスとスカートを身につけていた。美咲は目の前の写真を指差しながら、率直に言った。

「えー！　いい話やけど、これ８年も前の写真やろ？　そんな長い間私やったら待っとらんけどね」

結子も微笑んでから答えた。「私も待ってません」

「美咲さーん、すみません」と受付で呼んでいる。

「はーい、ちょっとごめんね」

「はい」

美咲は結子に断り、小走りで受付に向かった。

美咲を見送ると、結子は先程まで美咲と見て話していた写真をもう一度見た。そこにはA4サイズの額縁に入れられた柏葉の亡くなった妻、美月の写真が飾ってあった。クッキー缶に入っていた3枚の連続写真の内の最後の1枚、「待っている」と手話で伝えている写真だ。結子は写真を暫く見つめた。

写真展には結子がおもいで写眞を撮った老人たちも沢山見に来てくれていた。

グレイヘアの南雲千代は森八重のおもいで写眞を見て、八重の姿に感心して目を見張った。写真の八重は黒板の前で教卓に両手を置いて背筋を伸ばして立っていた。まさにこれから授業が始まりそうな、はつらつとした姿だった。

腕まくりして和菓子の練り切りを作る、普段通りといった感じの上川健。そのおもいで写眞を感心した顔で見ているのは聾唖の森谷裕也だった。森谷は靴の修理店で働くようになった後、手話のできるボランティアさんと知り合い、この写真展にその人を誘って一緒に見に来たのだ。

「この職人さんの和菓子、食べてみたいね、これは花だよね？……」

「そうですね、淡い色合いの感じが綺麗ですね」と、二人は手話で会話しながら、和菓子職人の作っている練り切りに興味津々といった様子だ。

今井節子が図書館の書棚に手を置いて立つ、ウエストショットのおもいで写眞も飾ってある。何度見てもやはり節子の口元は大きく曲がっているが、表情は聡明で凜としている。もちろん、撮影当日の初め頃に見た、緊張であがっている様子ではなく、随分とリラックスしていてとても自然だ。節子は今日、おもいで写眞を撮った時と同じ服を着て、自分のおもいで写眞の近くに立っていた。節子はおもいで写眞を撮ってから、頻繁にこの団地カフェに来るようになり、知り合いも沢山増えた。そんな知人の一人、佐藤《さとう》が近くに歩いて来たので、節子は思わず佐藤を捕まえ、自分のおもいで写眞の前まで連れて来た。

「ねぇねぇ佐藤さん。見て見て」

「これ、どこの図書館なが？」

「県立」

「いいねかー」

「なんだかちょっと恥ずかしいけどね」

節子ははにかんで笑った。

上川健は普段のかなりラフな服装と違い、白いワイシャツに明るい灰色のジャケット、黒のスラックスを穿いて、珍しくよそ行きの装いで会場を回っていた。上川が気になり足を止めたのは、靴の専用機械フィニッシャーの横で作業用のデニムエプロンをかけて立つ森谷裕也の写真だった。森谷は満足げで穏やかな顔をしている。そんな森谷のおもいで写眞を見た瞬間、上川は破顔して目尻に笑い皺を沢山作った。頑なさというかこだわりというか、上川は自分と似たような匂いを写真の森谷から感じ取ったからだ。

会場はおもいで写眞のモデル本人やその家族、知人、おもいで写眞に興味を持った人たちが次々と来場してくれ、お客さんは増えて行った。写真を見た感想を言い合う人たちの声もますます賑やかになって行く。そんな中、施設に入ったはずの山岸和子の姿が見えた。わざわざ金沢から来てくれたのだ。

和子はすみれ色のオフタートルのトップスに白いサマーカーディガンという、爽やかな装いだ。けれど以前と比べると不思議と身体がひとまわり小さくなったような、弱々しい印象に見えた。実は和子は団地を出て施設に入ってから身体や認知機能などが更に衰えて行ったのだった。団地を出る時に和子を迎えに来た息子が、ノータイ、スーツ姿で横に寄り添っていた。息子に腕を支えられて、和子は心もとなく弱々しい足取りでゆっくりと歩いた。

節子が和子に気付き「和子さん」と思わず呼ぶ。

節子の声で、それぞれおもいで写眞を見ていたスミや千代も、和子がいるのに気付いて笑顔で声をかけた。

和子は「どうも」と小さく呟くと、皆に軽く頭を下げて挨拶した。和子の息子が順路図の書かれたリーフレットを見て「母さんあっちだよ」と声をかけて案内し、和子は写真を見る順番を飛ばして、その先に進んで行った。

千代、節子ら団地で仲の良かった老女らは和子の邪魔にならないよう、笑顔で見守った。

和子が進む先、展示用のパーテーションの前に人だかりができていた。そこに和子たちが近づくと、丁度、人だかりが散り、和子のおもいで写眞が見えて来た。赤いロール糸を顔の前で持った、生き生きとした笑い顔の和子の写真だ。

弱々しい感じの和子が、自分のおもいで写眞の前まで来ると立ち止まり、一心に見つめた。そうしている内に不思議なことに、くすんで色のない印象だった和子の顔が、和らいで赤みがさし、生き生きとした笑顔に変わって行った。そしてすっかり以前の元気な和子に戻ったように見えた。

その時、結子は来場者たちの邪魔にならないよう少し離れて、写真を見たお客さんの反応を気にしながら、会場を順路とは逆に回っていた。次を見るべくパーテーションの角を曲がると、突然、和子の姿が視界に入った。結子は驚いて、慌てて駆け寄った。和子に写真展の案内状は送ったものの、わざわざ金沢から来てもらえるとは思っていなかったので、感激していた。

「和子さん」

和子は結子に、以前と変わらない感じで微笑んでくれた。

「特別に外出許可、もらってね……おばあちゃん、喜んどるよ」

その言葉を聞いて、結子の瞳にいつのまにか涙が浮かんだ。

結子は本当に嬉しくて、なんと言って良いか分からず、和子にただただ頭を下げることしかできなかった。

写真展の初日はその後も沢山の来場者に恵まれた。来場者の大半は100人のおもいで写眞を全部見終わっても、なかなか帰ろうとはしなかった。おかげで会場は混雑したままだった。そんな会場の隅で、結子は自分のスマホのメールの着信を気にしながら、浮かない顔つきで立っていた。そんな結子のところへ美咲がやって来て言った。

「結子ちゃん、結子ちゃん、星野くん、まだ来んがけ？」

「はい」

初日にもかかわらず、一郎はまだ写真展に現れていなかったのだ。

「まだ仕事のトラブル、解決せんがか。……全く間が悪いちゃぁ。初日ながに」

「仕方ないです」

結子は強がって美咲を見た。その時、会場にいる柏葉の姿が結子の目に入った。結子は少し考えると、美咲に目顔で断り、柏葉に向かって歩いて行った。

「柏葉さん」

「おぉ、君か……」

柏葉は白い薄手のサファリジャケットを着て老眼鏡を掛け、妻の美月の写真の前に立っていた。今はもう存在しない写真館の前で「待っている」と手話で伝えている写真だ。

柏葉が老眼鏡を外し、不安げな顔で言いづらそうに結子に尋ねた。

「なあ……女房は……美月は本当に、俺を待っとってくれたんかな?」

結子は美月の写真をもう一度見てから、柏葉に向き直り、優しい眼差しで言った。

「……きっと……待っとったと思いますよ」

柏葉はこぼれるような笑顔になり、嬉しそうに何度も頷いた。


その日の写真展の終わる時間まで、結子は壁に飾られた老人たちのおもいで写眞を何度も眺めて回った。

YAMAHAのグランドピアノの前で白髪交じりの髪を一束にして、発表会用のドレスを着た中山綾子《なかやまあやこ》は、胸を張って誇らしい笑顔だ。

銀髪をショートのネオソバージュにした、祖母と仲の良かった柳井みどりのおもいで写眞は、ブティックでトルソーに飾られたエレガントな婦人服の横で、明るい笑顔で立っているものだ。

正座して大好きだった琴を久しぶりに弾いている瞬間が飾ってある村田翔子《むらたしょうこ》。穏やかで満足げな顔で、まるで、撮影の時に演奏してくれた「六段の調《しらべ》」が聞こえてきそうな写真だ。

動物園のペンギン池の前で、青山義春《あおやまよしはる》は半袖ボーダー柄のポロシャツ姿で照れ笑いしている。結子は青山がここをおもいで写眞の場所に選んだ理由を尋ねたが、照れ臭そうにしてちゃんとは教えてもらえなかった。けれど話の断片から想像すると、どうも仕事が忙しくて、たまの休みに娘を連れて行ったのがいつもこの動物園だったようだ。

ロック好きの定井倫代は、10代の頃から通い続けて来たレコードショップで、おもいで写眞を撮った。今は店にレコードはなくなってしまったけれど、大好きなロックのCDがずらりと並んだ棚の前で、胸下まである黒い長髪に黒いTシャツ姿で思い出し笑いをしている。この店で初めて買ったレコードアルバムはドアーズだったそうだ。

彼女は高齢者と呼ばれるようになった今でもロックンローラーのままだ。

モンキーボウズ風のごま塩頭をした小出《こいで》みき子は、駅近くのアーケード商店街で、おもいで写眞を撮った。この商店街は高度経済成長期にアルミニウム産業で栄えて賑わったが、その後の産業の衰退、人口減少と郊外化で、今は人影が消えてシャッター商店街になっている。みき子は小さい時からよく通ったこの商店街に特別な思い入れがあるのだと言う。自分の小遣いで初めて本を買ったのも、初任給で両親に鰻をご馳走したのも、この商店街だと言って手を口にやってはにかんだ。

子供のような笑顔。満面の笑み。天真爛漫な笑顔。爽やかな笑顔。屈託のない笑顔。綺麗な笑顔。柔和な笑顔。いたずらっぽい笑顔。大笑い。破顔。吹き出して笑う。にやにや。照れ笑い。高笑い。穏やかな笑顔。安心した笑顔――それぞれ違う笑顔で、違う顔で、おもいで写眞に写った老人たちは、何かを語りかけて来る。彼らの笑顔は不思議な力に溢れている。見ているうちに、結子の中に何か活力のようなものが湧いて来る。来場した人々の顔にも、おもいで写眞の中で笑う老人たちに負けない笑顔が広がって行った。

100人のおもいで写眞の展示会場で、写真を見る順路の99番目に飾ってあるのは、手話で語りかけている美月の写真だった。天気の良い日、太陽の光を浴びながら美月は儚《はかな》げな笑みを口元に浮かべ、こちらを見つめている。

そしてその次の展示パネル、美月のおもいで写眞の隣、順路を90度曲がって先に進むと、100人目のおもいで写眞が見えて来る。それは団地の45号棟と46号棟の間で両方の棟を背景に、99番目に飾られたのと同じ、額縁に入った美月の写真を、身体の前に両手で持って見せる、柏葉の姿だった。柏葉は今まで見たことがないほど無邪気に笑っている。

団地内の道を一郎は全速力で走った。一郎は地域センターの団地カフェで開催されているおもいで写眞の写真展に駆けつけようとしていた。一郎は写真展をしっかり見ることができなくても、たとえ終了間際でもいいから駆けつけて、せめてちゃんと結子に面と向かってお祝いの言葉が言えたら――と思って走った。汗だくで息を切らして地域センターに着くと、既に入口の扉は閉まり、写真展の立て看板はセンターの中に仕舞われていた。ガラス窓から中を覗いても人影は全く見えない。一郎は閉まった扉の前で思わず屈み、膝に手をつくと汗だくで肩で息をした。

「間に合わんかった……」

丁度その時、片付けに残っていた美咲が、帰ろうと荷物を手にカフェの裏手から出て来る。写真展で使ったお茶のポットやコップなどを両手に持った美咲は、遅れて現れた一郎に気が付き、呆れ顔で声をかけた。

「星野くん」

入口の前でうなだれていた一郎は、顔を上げて美咲を見ると、決まりの悪そうな顔をして身を小さくした。


夕暮れが近づいていた。城神山の高台に向かう石段を結子は登っていた。登りながら、さまざまな想いが頭に浮かんで来る。東京から地元のこの町に帰ってからのことだ。幼なじみの一郎と再会したこと、世話焼きの美咲と出会ったこと、まるで祖母のような存在になった和子に出会い、いつも助けてもらったこと、おもいで写眞を撮影することでいろんな体験と発見をして、老人たちからお金では到底買えない、新鮮で驚くような素敵な贈り物を沢山もらったこと――。

結子がそんな風に考え事をしながら石段を登って行くと、どこからか誰かの歌うハミングが聞こえて来た。結子の知らない歌だ。ゆっくりとした小さな声で、歌詞はなくメロディだけだが、温かく誰かを思いやるような気持ちで溢れている。これは子守唄だ、と思った。やがて、これは祖母が言っていた、結子の母が口ずさんだ子守唄だということに気が付いた。ハミングの子守唄は、どの子守唄にも似ていない独自のメロディで、母が創作したものなのかもしれないと思った。

石段を登りながらそのハミングを聞いていると、いつのまにかその母の声が結子の声に変わって行った。歌が自然と結子の口から出て来ていたのだ。それは、その歌を自分が知っているという証拠だ。それに気付いて、結子は立ち止まると自分の口に手をやり驚いた。どうしてこのメロディを私はハミングできるのだろう――と結子は不思議に思った。

結子の頭の中に、ある映像が浮かんだ。それは祖母が子供の結子に話した嘘のイメージ映像だ。泣く幼児の結子の背中を母が優しく叩き、その子守唄をハミングしながら、結子が今いるのと同じこの石段を登って行く。けれど母は、夕方前の斜光の日の光の中で、後ろ姿のため、その顔が見えないのだ。

結子はその浮かんだイメージと同じような行動をとってみることにした。子守唄をハミングしながら、1段、また1段と石段を登り始める。すると結子の歌う声と母の歌う声が頭の中で重なった。何だかとても温かく、慈愛に満ちていて心が安らいだ。何の匂いか分からないが不思議と良い匂いが漂い始め、母の歌声がこだまのように次々と広がって行った。

やがて、結子の頭の中では、幼児の結子をあやして、子守唄をハミングしながら石段を登る母の姿が、今までよりもっとリアルに感じられるようになった。その母が石段を更に登り、上部に差し掛かった時、後ろ姿だった母が急に立ち止まり、振り向いてこちらを見た。

その振り向いた母の顔は——母ではなく祖母だった。

さっきまで聞こえていた歌声もいつのまにか祖母の声に変わっていた。そして、幼児の結子を抱く祖母の愛子からは浅いコーヒーのような匂い、現像液の匂いが香って来る。さっき良い匂いだと思ったのは、祖母の現像液の匂いだったのだ。

結子は気が付いた。これは祖母の嘘から生まれたイメージではなく、私が思い出せなかった本当の記憶なんだと。母が泣き止まない幼い私を抱いて、子守唄をハミングしながら石段を登ったというのは祖母の嘘だったけれど、本当は祖母が母の代わりに、幼い私のために石段を登り、ハミングしてくれたのだと。それが私の本当の、「おもいで」だったのだ。そして結子は思った。祖母が大きな愛情を私に注いでくれたのは間違いのない真実なんだと。

結子は城神山の高台のベンチまで歩いて行った。結子が幼い時、祖母と並んで座ったベンチ、結子に祖母がおまじないを唱えた場所だ。結子は立ったまま、ベンチの背もたれを手で触れてみた。するとどこからか風が吹いて来て、その風が結子を包み込んでくれた。まるで祖母の愛情に包まれるような幸福感と心地よさを感じて、誰もいないベンチに向かって話しかけた。

「ありがとう、おばあちゃん」

結子はそこから見える眼下の景色を見た。晴れていれば見られる、景勝地ならではの美しい夕日は、空を覆う重苦しい雲のせいで、前に一郎とここを訪れた時と同様、今日も見られそうになかった。結子の心地よい気持ちと景色が共鳴し合うことは残念ながらなかった。けれど結子は祖母に思いをはせ、眼下に見えるなだらかな山や広い森、細やかな田園、小さな町と大きな海が、少しずつ静かな薄闇に溶けて行く、その世界を見つめた。

突然、白い光が結子を包んだ。結子が驚いてその光の発せられた方を見ると、カメラを持った一郎が、駐車した役場の車の前に立っていた。白い光は一郎が写真を撮る時に使ったフラッシュだったのだ。一郎が車の前から結子の方に近づいて来て話しかける。

「表情がさ、良かったから、つい……」

照れ臭そうにしながらベンチの隣に来た一郎に、結子は思わず微笑んだ。

一郎は結子のほころんだ顔を見ると、急に真顔になった。

「……俺、東京行き、ちゃんと断った」

「え……」

「俺さ、チャンスがあるのに東京行かんがは、逃げじゃないがかって、ずっと思っとった。でもお前とおもいで写眞やって、気付いたがいちゃ。俺は東京から逃げてここにおんがじゃない。この町が好きでここにおんがや」

一郎のいつにない真剣な顔つきと力強い話し方から、それは一郎が自分の本心に向き合い真剣に考えて出した答えだと、結子は思った。

「そんでこのカメラを買ったがいちゃ。お前と一緒に俺も、おもいで写眞、撮ろうと思ってさ」

一郎は照れ笑いした顔で話した。その一郎の顔に黄色の光が、かすかに当たり始めたように見えた。それまで高台の空を覆っていたどんよりした雲がゆっくりと動き出し、雲の切れ間から天使の梯子と呼ばれる薄明光線が一つずつ放射状に広がり始めると、夕日の姿が少しずつ見えて来たのだ。

一郎は息を短く吸い、改まった感じで結子を見つめて言った。

「……俺、お前と一緒に……」

一郎は急に緊張してしまい、次の言葉が出て来なくなり、ただただ結子をまっすぐ、熱のこもった瞳で見つめた。

一郎の強い眼差しから何が言いたいのか、その思いが余すことなく結子には伝わって来た。これから先はこの故郷で一緒に生きて欲しい、と告白をしようとしてくれているのだ。結子は一郎の気持ちをしっかりと受け止めた。一郎と一緒に生きて行こうと素直に思った。けれど結子は、一郎があまりにも真剣な顔をしたまま、肝心の台詞をなかなか言ってくれないので、ついには我慢できずに吹き出して笑ってしまった。

一郎はまさか笑われるとは思っていなかったので、肩透かしを食らい啞然とした。

「なんけ?」

「一緒におもいで写眞を撮ろう」としか言っていない一郎に、本当は言わないといけないのは、「一緒に生きて行こう」でしょ、と結子は言いたかったが、その代わりにからかうつもりで乱暴に言った。

「嘘つき」

言葉とは裏腹に結子の顔は、とても清々しく、屈託のない笑顔に変わった。

ベンチから望める西の空では、風が厚い雲を見る見るうちに押し流していた。やがて茜色の夕日が雲間からその全容を現し、天使の梯子が笑い合う結子と一郎を柔らかく包み込んだ。

この作品は書き下ろしです。原稿枚数340枚（400字詰め）。

おもいで写眞《しゃしん》

熊《くま》澤《ざわ》尚《なお》人《と》

令和2年11月10日　初版発行

発行人――石原正康
編集人――高部真人
発行所――株式会社幻冬舎
〒151-0051東京都渋谷区千駄ヶ谷4-9-7
電話　03(5411)6222(営業)
　　　03(5411)6211(編集)
　　振替00120-8-767643
印刷・製本―中央精版印刷株式会社
装丁者――高橋雅之

検印廃止

幻冬舎文庫

ISBN978-4-344-43034-1　C0193　く-24-1

幻冬舎ホームページアドレス　https://www.gentosha.co.jp/
この本に関するご意見・ご感想をメールでお寄せいただく場合は、
comment@gentosha.co.jpまで。